读客

读客三个圈经典文库

经典就读三个圈　导读解读样样全

人鼠之间

[美] 约翰·斯坦贝克 著

陈宗琛 译

读客三个圈经典文库

经典就读三个圈　导读解读样样全

江苏凤凰文艺出版社
JIANGSU PHOENIX LITERATURE AND ART PUBLISHING, LTD

图书在版编目（CIP）数据

人鼠之间 /（美）约翰·斯坦贝克
(John Steinbeck) 著；陈宗琛译．-- 南京：江苏凤凰
文艺出版社，2019.5（2022.8 重印）
（读客经典文库）
ISBN 978-7-5594-3739-6

Ⅰ．①人… Ⅱ．①约… ②陈… Ⅲ．①中篇小说－美
国－现代 Ⅳ．①I712.45

中国版本图书馆 CIP 数据核字 (2019) 第 086663 号

人鼠之间

[美] 约翰·斯坦贝克　著　　陈宗琛　译

责任编辑　丁小卉
特约编辑　宋如月　罗韵晨　车　童
装帧设计　读客文化　021-33608320
责任印制　刘　巍
出版发行　江苏凤凰文艺出版社
南京市中央路 165 号，邮编：210009
网　　址　http://www.jswenyi.com
印　　刷　三河市兴博印务有限公司
开　　本　880 毫米 ×1230 毫米 1/32
印　　张　7
字　　数　92 千字
版　　次　2019 年 5 月第 1 版
印　　次　2022 年 8 月第 7 次印刷
标准书号　ISBN 978-7-5594-3739-6
定　　价　49.90 元

Of Mice And Men

JOHN STEINBECK

约翰・斯坦贝克
（John Steinbeck，1902—1968）

他一字一句说得有条不紊，仿佛已经说过很多次。

“有很多像我们一样的人在农场打工，他们是天底下最寂寞的人。他们没有家人，居无定所。”

她放下手摆在屁股上，“你们大家都是互相怕来怕去，
就这么回事。”

原先，

她脸上总是充满了怨毒、心机、不满，

引人注意的渴望，

而此刻，

那一切忽然都消失了。

她看起来是那么清丽纯真，

那么年轻，那么甜美。

他继续说：“我们就不是这样。

我们有前途，有未来。

我们可以互相说出心里的话，互相关怀。

我们不会因为没地方去而到酒吧里醉生梦死。”

目　录

人鼠之间

01

萨利纳斯河静静奔流，流到索莱达南边几公里处，河道忽然逼近山脚，河水陡然变深，水色陡然变绿，河面波光粼粼，流经阳光遍照的黄沙丘，河水逐渐变得温热，然后形成一泓窄窄的水潭。河的一边是山坡，只见一片灿烂金黄起伏连绵，一路延伸到巨石嶙峋的加比兰山脉；河的另一边是谷地，成排的绿树紧临着河岸——有杨柳，有悬铃木。每到冬季，滚滚的洪流总是夹带着大量的残枝败叶，然而，当春回大地，那些杨柳就会恢复生机盎然，一片青绿，只有低垂的树枝上偶尔会残留一些碎叶。悬铃木苍白斑驳的枝干弯成拱形，横跨在水潭上。

树荫下的沙岸上累积了一层厚厚的落叶，叶片已然枯干变脆，就算是蜥蜴从上面蹿过去，恐怕也会滑个四脚朝天。每到黄昏，兔子就会从矮树丛里钻出来，坐在岸边的沙地上。每到夜里，很多动物都会在河边出没，在潮湿的沙地上留下形形色色的脚印。有的是浣熊，脚趾分明的是农场的狗，而那种楔形分叉的则是夜间到河边喝水的鹿。

杨柳和悬铃木交织成林，林间有一条小径。农场那些男孩经常沿着小径跑到深水潭游泳，而每到黄昏时刻，那些疲惫的流浪汉也常常从公路上走下来，沿着小径走到河边扎营过夜。人来人往，小径的路面被踩得平坦坚实。河边有一棵大悬铃木，树干下端伸出一根大树枝，几乎平贴在地面上。大树枝上面被磨得一片光滑，前面有一堆灰烬，显然有很多人曾经坐在大树枝上生火。

这天是大热天。黄昏时刻，河边起了阵阵微风，枝叶随风摇曳。夜幕缓缓降临，只见一片阴影逐渐掩盖了连绵的山岭，朝山顶逼近。兔子三五成群坐在沙滩上，乍看之下仿佛一座座灰扑扑的小石雕。这时候，公路那边忽然传来一阵窸窸窣窣的声音，那是有人踩过满地的悬铃木叶。刹那间，兔子立刻无声无息躲得不见踪影。一只苍鹭猛挥翅膀拍打河面，溅起无数水花，姿势很夸张，挣扎了半晌，好不容易才飞上天去向下游。好一会儿，河边陷入一片死寂，没半点声息。然后，小径上出现两个人影。他们沿着小径逐渐靠近那片碧绿的水潭，最后走到了水潭边的空地上。

两人沿着那条小径一前一后走过来，就连走到那片空地上，两人还是一前一后。他们身上穿着牛仔布工作裤，黄铜纽扣的牛仔外套，戴着变形的黑色软呢帽，肩上背着毛毯裹成的铺盖卷。两人的装扮一模一样。走在前面那人个子比较小，动作比较灵活，脸色黝黑，五官分明，锐利的眼神流露着一丝不安。他整个人从头到脚特征鲜明：矮小，双手结实，手臂修长，鼻梁细窄。走在后面的那个人和他正好形成强烈对比：高大魁梧，五官不明显，大眼睛，眼神黯淡，肩膀宽阔但松垮下垂。他脚步很沉重，有点拖着脚在走，乍看之下很像熊在走路；另外，他走路的时候两手并没有摆动，而是直直垂在两边。

他们一走到空地上，前面的小个子忽然停住脚步，后面的大个子差点撞上他。他摘下帽子，伸出食指擦擦帽缘内侧的防汗带，然后甩掉手上的汗水。这时候，他那个大块头同伴忽然丢下铺盖卷，飞快跪倒在碧绿的水潭边，开始大口大口喝起水来，而且鼻孔往水里喷气，发出咕噜咕噜的声响，活像马在喝水。那小个子走到他旁边，表情看起来有点紧张。

“伦尼！”他口气很生硬，“老天，伦尼，不要喝那么多。”但伦尼还是把头埋在水潭里，咕嘟咕嘟猛灌水。那小个子只好走过去抓住他肩头摇了几下。“伦尼，你不怕生病吗？你忘了昨天怎样了吗？”

伦尼整个头埋在水里，连帽子也没脱。后来他终于抬起头，坐到岸边的沙地上，帽子上的水滴到蓝色外套上，流到背后。“真好喝。”他说，“乔治，喝一点吧。多喝几口。”他笑得很开心。

乔治把铺盖卷拿下来轻轻放在岸边。“这水不知道干不干净。”他说，“水面上好像浮着脏东西。”

伦尼把一双大掌伸进水里，手指扭了几下，溅起了一点水花，接着水面开始泛起涟漪，渐渐扩散到对岸，然后又弹回来。伦尼看着水波扩散荡漾，嘴里大喊：“乔治你看，好不好玩？”

乔治跪到水潭边，两只手飞快捧起水喝了一口。“味道还可以。”他点点头说，“虽然这水看起来没有在流，不过味道还可以。对了伦尼，千万记住，不会流的水绝对不要喝。”他口气有点无奈。“你这家伙一渴起来，连水沟的水都喝。”接着，他两手又捧起水往脸上一泼，搓搓下巴，搓搓脖子后面，然后又把帽子戴回去，往后坐到地上，缩起双腿，两手抱住膝盖。伦尼一直看着他，然后开始模仿他的动作。他也跟着往后一坐，缩起双腿，两手抱住膝盖，然后转头看看乔治，看自己做得对不对。接着，他把帽檐往下拉了一点，稍微遮住眼睛，因为乔治帽子就是那样戴的。

乔治愁眉苦脸地盯着水潭。他眼眶四周被太阳晒得红通通的。他气呼呼地说：“那个浑蛋公交车司机根本就是胡说八道。他说‘那里离公路不远，走一小段就到了’。什么‘走一小段就到了’，他妈的这一小段足足走了六公里。他直接把我们载到农场不就结了吗？说穿了就是懒，懒得把车子开进来停在农场大门口。我甚至怀疑他根本就没半点同情心，根本不肯在索莱达停车。他就这样把我们踢下车，还说什么‘沿这条路走一小段就到了’。说不定根本不止六公里。这种鬼天气，简直热死人。”

伦尼怯怯地看着他。“乔治？”

“嗯，干吗？”

“我们要去哪儿？”

那小个子用力扯了一下帽檐，朝伦尼大吼：“你又忘了是不是？又要我再说一次是不是？老天，你这讨厌鬼专给我找麻烦。”

“我就是忘了嘛。”伦尼嗫嚅道，“我拼命想记住，真的，乔治，我对天发誓。我拼命告诉自己不要忘记。”

“好了——好了！我就再告诉你一次。不过，别以为我整天闲着没事干。这辈子恐怕永远都是这样，一天到晚告诉你这个，告诉你那个，然后你就忘了，然后我又要再告诉你一次，没完没了。”

“我真的拼命想记住。”伦尼说，“可是就是记不住。不过乔治，兔子我都不会忘记。”

“去你的兔子。你满脑子记得的只有兔子吗？好！现在我再告诉你一次，不过你给我听清楚，这次你一定要记住，否则我们两个就要倒大霉了。一开始我们在霍华德街那鬼地方，还记得吧？那时候我们在看一面黑板。”

这时伦尼面露喜色咧嘴笑起来：“当然记得，乔治，我想起来了……可是……可是那时候我们在那里干什么呢？我记得有几个姑娘从旁边走过去，然后你说……你说……”

“去你的，不用管我说什么。当时我们走进‘莫瑞雷迪’办公室，他们拿工作证和公交车票给我们，这你还记得吗？”

“哦，乔治，当然记得。我想起来了。”他飞快把手伸进外套口袋里。过了一会儿，他忽然嗫嚅道：“乔治……不在我身上。一定是被我搞丢了。”他低头看着地上，一脸沮丧。

“你这烦人的讨厌鬼，当然不在你身上。两张都在我这里。你以为我会把工作证交给你吗？”

伦尼显然松了一口气，咧嘴笑起来。“我……我还以为在我口袋里。”说着他的手又伸进外套口袋。

这时候，乔治突然凶巴巴地瞪着他。“刚刚你从口袋里拿了什么东西出来？”

“我口袋里没东西呀。”伦尼言辞有点闪烁。

“当然没有。因为你拿在手上。你手上是什么东西——藏了什么东西？”

"什么都没有，真的，乔治。"

"够了，拿出来。"

伦尼立刻把那只握成拳头的手藏到后面，不让乔治看。"乔治，没什么，只不过是一只老鼠。"

"老鼠？活老鼠吗？"

"呃——呃——是死老鼠，乔治。不是我弄死的，真的！是我找到的，我看到的时候已经死了。"

"拿来！"乔治呵斥了一声。

"哦，乔治，不要这样！我想要。"

"拿来！"

伦尼慢慢张开手掌。乔治一把抢过那只老鼠，用力丢到水潭对岸的草丛里。"你到底要死老鼠干什么？"

"因为我们走路的时候，我可以边走边用大拇指摸它玩。"伦尼说。

"呃，你走在我旁边的时候，不准玩老鼠。好了，现在我们要去哪里，想起来了吗？"

伦尼似乎吓了一跳，然后很不好意思地把脸贴在膝盖上。"对不起，我又忘了。"

“老天。”乔治认命地说，“呃——算了，你听着，我们现在要去农场打工。不久之前，我们才刚离开北部那个农场，还记得吗？就像那样的农场。”

“北部？”

“在野草镇。”

“哦，对了，我想起来了。在野草镇。”

“我们要去的那个农场，从这边再走大概半公里就到了。我们进去之后要先去见老板。好了，你听着——我会把工作证交给他，到时候，你不准开口讲话。你就给我乖乖站在那里，一个屁也不准放。万一被他发现你是个专惹麻烦的讨厌鬼，我们的饭碗就砸了，不过，要是能够不要让他听到你说话，让他先看看你干活的模样，那就没问题了，懂吗？”

“懂了，乔治，我懂了。”

“好，那你告诉我，等见到老板的时候，你应该怎么做？”

“我……我……”伦尼开始拼命想，表情很紧张，“我……我要乖乖站在那里，绝对不准开口说话。”

“太好了，伦尼真棒。来，再多说两三次，这样你才不会忘记。”

伦尼喃喃道："我绝对不准开口说话……绝对不准开口说话……绝对不准开口说话。"

"很好。"乔治说，"还有，你在野草镇做了一件很不好的事，到时候绝对不准再犯。"

伦尼露出困惑的表情。"我在野草镇做了很不好的事？"

"嘿，看样子你连这个也忘了是吧？嗯，那我还是不要提醒你了，免得你再犯。"

这时候，伦尼忽然露出恍然大悟的表情。"我想起来了，那时候在野草镇，我们被他们赶出来了。"他说得很大声，一脸得意。

"什么被他们赶出来，见鬼了。"乔治愤愤地说，"是我们自己逃走的。他们在追我们，可还是被我们逃掉了。"

伦尼咯咯笑得很开心。"你看，这个我没忘记。"

乔治往后一仰躺在沙地上，两手枕在头底下。伦尼也学他的样子躺下去，然后抬头看看乔治，看自己学得对不对。"老天，你真是个大麻烦。"乔治说，"要不是因为走到哪里都要拖着你，我一个人可以多逍遥自在。要是可以一个人过日子，那就太轻松了，说不定还可以交个女朋友。"

伦尼没有吭声，过了一会儿他才又满怀希望地说："乔治，我们就要到农场去工作了。"

"很好，你终于记住了。不过，今天晚上我们要在这里过夜。这是有原因的。"

天色暗得越来越快，整座山谷已经看不到半点阳光，只剩加比兰山脉的山顶还反映着最后一丝天光。一条水蛇游过水潭，头仰在水面上，乍看之下仿佛一具小小的潜望镜。芦苇随着水流轻轻摇曳。远远的公路那边有人大喊了一声，另一个人也跟着回喊了一声。一阵微风轻拂过悬铃木树林，树身微微晃动了一下，随即又静止了。

"乔治——我们为什么不到农场去吃晚饭？农场那边一定有饭吃。"

乔治翻身侧躺。"不为什么。我就是喜欢这里。明天我们就要上工了。我看到远处有打谷机。也就是说，我们很快就要把整袋的谷子甩上肩，扛来扛去，做牛做马累得半死。所以，今天晚上我打算舒舒服服地躺在这里看天空。我喜欢这种感觉。"

伦尼忽然跪起来低头看着乔治。"我们晚饭没的吃了吗？”

“当然要吃。我铺盖卷里还有三罐豆子罐头，你去捡几根柳树枝，生一堆火，我们就有晚饭吃了。你先去把树枝捡回来，我就拿火柴给你。然后我们就热豆子吃。”

伦尼说：“吃豆子我喜欢加番茄酱。”

“呃，可惜我们没有番茄酱。好了，你先去捡树枝吧，别再拖拖拉拉了。天快黑了。”

伦尼吃力地站起来，然后很快就消失在矮树丛里。乔治躺在原地没动，优哉游哉地轻轻吹着口哨。接着，他忽然听到河那边有水花溅起的声音，就在伦尼走过去的方向。乔治停止吹口哨，竖起耳朵仔细听。“这个笨蛋。”他嘀咕了一声，然后又继续吹起口哨来。

过了一会儿，伦尼忽然从矮树丛里冲出来，手上拿着一根细细的柳树枝。这时候乔治突然站起来。“好了。”他劈头就说，“老鼠给我！”

可是伦尼比手画脚，拼命装出一副很无辜的样子：“乔治，什么老鼠？我没有老鼠啊。”

乔治伸出手。“够了，拿来。你以为你瞒得了我吗？”

伦尼犹豫了一下，往后退了几步，一脸慌乱地盯着矮树丛，一副想逃走的样子。乔治冷冰冰地说："你非要逼我揍你吗？叫你把老鼠拿给我，你敢不给？"

"乔治，你要我拿什么给你？"

"你他妈的装傻。老鼠拿来。"

这时候，伦尼终于把手伸进口袋里，一脸不情愿，说话的时候声音有点哽咽。"我不懂你为什么就是不让我玩老鼠。这老鼠根本就没人要，而且我又没偷人家的，是我在路边捡到的。"

乔治还是伸着手，毫不放松。于是，伦尼开始慢慢走向他，走一步退后一步，然后再往前走一步，仿佛一只嘴里咬着球的小狗，不肯把球叼回去给主人。这时候，乔治猛然弹了一下手指，伦尼一听到那个声音，就乖乖把老鼠塞到他手上。

"我又没做什么坏事，乔治。我只是摸摸它而已。"

乔治站起来，用尽全身的力气把老鼠远远丢进那团阴暗的矮树丛里，然后走到水潭边洗手。"你这个笨蛋，你的脚都湿透了，以为我没看到吗？不用想也知道你刚刚一定从河里踩过去到对岸去捡老鼠，对不对？"这时候，他忽然听到伦尼在啜泣，立刻猛一转身，“老天！跟小婴儿一样哭哭啼啼的，亏你还是个大男人！”伦尼嘴唇在颤抖，泪水开始在眼眶里打转。“唉，伦尼！”乔治伸手搭住伦尼肩头，“叫你把老鼠丢掉，不是要跟你过不去。伦尼，死老鼠很脏，而且，你一直摸一直摸，那只老鼠都被你搓烂了。这样吧，你再去找一只活的老鼠来，我就让你养一阵子。”

伦尼一屁股坐到地上，垂头丧气。“我不知道哪里找得到老鼠。我还记得，从前老鼠都是那位太太给我的。每次她一抓到老鼠就会拿来给我。可是现在她又不在这里。”

乔治冷笑了一声。“呵，那位太太？你竟然连那位太太是谁都忘了。她是你姑妈克莱拉。后来她根本就不再给你老鼠了，因为老鼠都被你弄死了。”

伦尼抬头看着他，一脸悲伤。“老鼠实在太小了。”他拼命解释，“我只不过轻轻摸了一下，老鼠就开始咬我的手指头，我轻轻捏一下它们的头，它们就死了——因为老鼠实在太小了。

“乔治，真希望我们可以赶快养兔子。兔子就不会那么小了。”

“去你的兔子。就连活老鼠都没有人敢放心交给你。你姑妈克莱拉不是给过你一只橡皮老鼠吗？你碰都不碰。”

“摸起来不好玩。”伦尼说。

远处的山巅散发出夕阳余晖的红晕，弥漫了整片天空，暮色逐渐笼罩了整个河谷，柳树和悬铃木的树林间一片幽暗。这时候，一条很大的鲤鱼忽然浮出水面，换一口气，又迅速潜入黝黑的潭水里，水面上只剩一圈圈的涟漪向外扩散。接着起了一阵微风，他们头顶上的枝叶轻轻摇曳了几下，柳絮随风飘散，飘落在水面上。

“你到底要不要去捡树枝？”乔治又开始逼问，“那棵悬铃木后面就有一堆，是之前的洪水夹带过来的。好了，你马上过去捡。”

伦尼走到那棵树后面抱了一堆枯叶和枯枝回来，丢在那堆灰烬上，然后又走回去继续捡。天色几乎已经全暗了，一只鸽子哗啦啦飞掠过水面。乔治走到那堆灰烬前面，在枯叶上点火。火苗蔓延到枯枝，发出一阵轻微的噼啪声，火就烧起来了。乔治摊开他的铺盖卷，拿出三罐豆子罐头摆到火堆上。他尽量让罐底靠近火焰，但还是和火焰保持一点距离。

“这些豆子够四个人吃了。”乔治说。

伦尼坐在对面，隔着火堆看着他，然后忽然又不死心地说：“吃豆子我喜欢加番茄酱。”

“嗯，偏偏我们就是没有番茄酱。”乔治终于按捺不住了，“你专要那些我们没有的东西。老天，要是只有我一个人，日子可以过得多逍遥。我随便就可以找到工作，一点都不难，而且不会惹上一堆麻烦。每个月月底，我可以拿着我赚到的五十块到镇上去，爱怎么花就怎么花。我可以找一家妓院混他一整晚，想找个什么地方吃一顿大餐都行，说不定还可以到大饭店去吃，哪里都行。爱吃什么菜就点什么菜，只要想得到的都可以点。每个月我他妈的都可以这样快活一整晚。我可以买一整桶的威士忌，或是开个台球室消磨时间，打扑克牌，打台球，干什么都行。”这时候，伦尼忽然跪下来，隔着火堆看着气呼呼的乔治，脸上露出恐惧的神色。“结果呢，”乔治愤愤地继续说，“结果我只能跟你耗在一起！你不但保不住自己的饭碗，连我的饭碗也一齐砸了。搞得我只好一天到晚拖着你到处流浪。那还不是最惨的。更要命的是，你一天到晚惹麻烦。你老是闯祸，结果我还要在后面替你收拾烂摊子。”说到这里，他已经近乎在嘶吼了。“你这脑子有问题的王八蛋。看我被你害得多凄惨。”说到这里，他忽然开始装出那种小女孩模仿别人的模样，“人家只是想摸一下那个女孩的衣服——只是想摸一下，就像摸老鼠一样——嗯，他妈的她怎么会晓得你只是想摸她的衣服？当时她已经开始退缩了，可是你竟然抓住她，就像抓老鼠一样。后来她尖叫起来，大家开始到处找我们，我们只好躲在灌溉水沟里，躲了一整天，然后等天黑才偷偷逃出那个农场。到哪里都会出这种事，没完没了——没完没了。有时候真想把你关进笼子里，然后放一堆老鼠进去，让你玩个过瘾。”说到这里他火气忽然消了。他隔着火堆盯着伦尼脸上那种痛苦的表情，心里忽然有点愧疚，于是就低头看着火堆。

天色已经暗了，然而，在火光的照耀下，旁边的树干和遮在头顶上的枝叶一片明亮。伦尼忽然开始在地上爬，慢慢绕过火堆，小心翼翼爬到乔治身边，然后挺起身来蹲着。乔治把豆子罐头上下颠倒翻转过来，让另一头凑近火焰。他假装没注意到伦尼靠到他旁边。

“乔治。”伦尼嗫嚅地喊了他一声，但乔治却没反应。

“乔治！”他又喊道。

“干吗？”

“乔治，我只是在跟你开玩笑。我不想吃番茄酱了。就算这里有番茄酱，我也不吃了。”

“要是这里真的有番茄酱，你要吃就吃。”

“可是乔治，我真的不吃了，通通留给你吃。你可以把番茄酱浇在豆子上，我都不要。”

乔治还是一脸阴郁地盯着火堆。“要是没有你，日子可以过得多快活。每次一想到这个，我简直会发疯。我心里永远没办法平静。”

伦尼还跪在地上。他抬头看着黑漆漆的河对岸。“乔治，那我走好了，这样你就可以自己一个人了，好不好？”

“走？见鬼了，你能走去哪里？”

“呃，有啊，我可以到山那边去，说不定那里可以找到山洞。”

“是吗？那你要吃什么？你知道要怎么找东西吃吗？你有那个头脑吗？”

“总会有东西吃的，乔治。我不需要吃多好，也不需要番茄酱。我一个人可以自由自在，没有人会伤害我。而且，要是找到老鼠，我可以留下来玩，不会再有人抢走我的老鼠了。”

乔治飞快打量了他一眼。“你是不是觉得我对你太凶了？”

“如果你不要我，我可以到山那边去找个山洞住。我随时都可以走。”

“不行——你听着！我只是跟你闹着玩的，伦尼，因为我希望你留在我身边。我只是不喜欢你玩老鼠，你老是把老鼠弄死。”说到这里他迟疑了一下，“这样吧，伦尼，下次只要一有机会，我会弄一只小狗给你。小狗应该就不会被你弄死了。那比老鼠安全，你用力一点摸也没关系。”

伦尼并没有上当。他感觉到自己占了优势。“如果你不要我，尽管开口没关系，我可以到山那边去——看到没有，就是那边的山上。我可以自己一个人住，再也不会有人来抢我的老鼠。”

乔治说：“伦尼，你一定要留在我身边。老天，你自己一个人，我真怕有人会不小心把你当成土狼一枪打死。不行，你一定要跟我在一起，虽然你姑妈克莱拉已经死了，但她一定不放心你自己一个人。”

这时伦尼忽然狡黠地说：“那你说给我听——就像你从前说的那样。”

“说什么给你听？”

“兔子的事。”

乔治立刻呵斥了他一声：“你休想要挟我。”

伦尼哀求他说：“别这样嘛，乔治，告诉我好不好？拜托你啦，乔治。你从前说过很多次。”

“这下子你可得意了是吧？好吧，我就告诉你，说完了，我们就吃晚饭……”

接着，乔治的声音开始变低沉。他一字一句说得有条不紊，仿佛已经说过很多次。“有很多像我们一样的人在农场打工，他们是天底下最寂寞的人。他们没有家人，居无定所。他们到农场打工，赚一笔钱，然后到镇上去花个精光，然后，转眼之间，他们已经又在别的农场打工了。他们没有未来，没有希望。”

伦尼听得很高兴。“对——就是这个。赶快说，接下来我们怎么样。”

乔治继续说："我们就不是这样。我们有前途，有未来。我们可以互相说出心里的话，互相关怀。我们不会因为没地方去而到酒吧里醉生梦死。要是他们进了监牢，最后的下场就是尸骨烂了都没人管。不过，我们就不一样了。"

伦尼忽然插嘴说："我们就不一样了！为什么？因为……因为你会照顾我，我会照顾你。这就是为什么。"他笑得很开心，"乔治，赶快再往下说！"

"你都记得很熟嘛。你自己说就好了嘛。"

"不行，一定要你说，有几句话我忘了。你赶快说，接下来怎么样。"

"唉，好吧。总有一天——等存够了钱，我们就可以买栋小房子，买几亩地，买一头牛，几头猪，然后——"

"然后我们就可以靠农作物牲口过活了。"伦尼忽然大嚷起来，"而且还可以养兔子。乔治，继续说！赶快说，我们菜园里要种什么，我们会把兔子养在笼子里，冬天下雨的时候，我们有火炉可以烤火，我们会有鲜奶可以喝，而且鲜奶上面会浮着一层厚厚的奶油，厚到根本捞不掉。赶快说，乔治。"

"你为什么不自己说？你都知道了。"

“不要……我要听你说。听你说比较有意思。说嘛……乔治。你赶快说，我要怎么养兔子。”

“呃。”乔治说，“我们会有一大片菜园，然后还要盖一间兔舍，一间鸡舍。等冬天下雨的时候，我们就他妈不工作了，我们会在火炉里生一堆火，然后围着火炉听雨水从屋檐上滴下来——够了够了，真是发神经！”说着他从口袋里掏出一把小刀，“没空再跟你扯这些了。”他拿起一罐豆子罐头，用小刀凿开罐盖，然后再拿起另一罐凿开。接着，他从裤子口袋里掏出两根汤匙，递了一根给伦尼。

他们坐在火边，塞了满嘴的豆子一阵猛嚼。几颗豆子从伦尼嘴角掉出来。乔治拿汤匙朝伦尼比画了一下，“对了，明天见到老板的时候，要是他问你问题，你要说什么？”

伦尼嘴巴忽然不嚼了，把豆子吞下肚。他露出一种专注的神情，“我……我一句话都……都不准说。”

“乖孩子！太棒了，伦尼！你好像变聪明了。到时候等我们买了地，说不定我会让你自己照顾兔子，要是你的记性能够像现在这么好。”

伦尼忽然哽住了，一脸骄傲。“我一定记得住。”他说。

这时候，乔治又拿汤匙朝他比画了一下。“你听着，伦尼，你转头看一下四周。你记得住这地方吗？农场距离这里大概只有半公里，沿着河走就到了，你记得住吗？”

“当然记得住。”伦尼说，“这个我记得住。你叫我一句话都不准说，我不是记住了吗？”

“你还真的记住了。呃，你听着，伦尼——万一你又像从前一样闯了什么祸，你就跑到这里躲起来，躲在矮树丛里。”

“躲在矮树丛里。”伦尼慢慢重复了一次。

“躲在矮树丛里，等我来找你。记住了吗？”

“记住了，乔治。躲在矮树丛里等你来找我。”

“不过，你不可以再闯祸了。要是你又闯祸，以后就不让你养兔子了。”说着，他把空罐头丢进矮树丛里。

“乔治，我不会再闯祸了。我半句话都不说。”

“好，去把你的铺盖卷拿到火堆旁边来。今天晚上我们就睡这里。你抬头看看，看到那些叶子没有？不要再添柴火了，让火自己慢慢熄掉。”

他们在沙地上铺上铺盖。后来，火焰渐渐变小了，火光照耀的范围也缩小了。头顶上方那些歪歪扭扭的树枝都看不见了，只看到树干反映出一片幽微的光。一片漆黑中，只听到伦尼喊了一声："乔治——你睡着了吗？"

"还没。干吗？"

"乔治，我们多养几种颜色的兔子好不好？"

"当然好。"乔治迷迷糊糊地说，"红色蓝色绿色的兔子，伦尼，随便你养，我们可以养好几百万只。"

"而且要有很多毛，就像我们上次在萨克拉门托市集上看到的那种。"

"好，好，毛要很多。"

"不然我就要走了，乔治，我要去住在山洞里。"

"去你的吧。"乔治说，"闭嘴啦。"

红红的炭火渐渐熄灭了。河对岸的山上有只土狼嚎叫了一声，接着，河的另一边有只狗也跟着嚎叫了一声。夜晚的风轻轻吹拂，悬铃木叶窸窸窣窣随风摇曳。

02

工寮是一栋长方形建筑，盖得很长，里头的墙壁粉刷成白色，地面没上漆。三面墙上都有四方形的小窗户，第四面墙上则是一扇很结实的门，门上有木闩。墙上架了八张卧铺，其中五张卧铺上铺着毛毯，而另外三张上看得到粗麻布床垫。每张卧铺上方都钉着一口装苹果用的木箱，开口朝前，变成两层架子，睡在那张床上的人可以放些私人物品。眼前那些箱子上摆满了零零碎碎的小东西，有肥皂、爽身粉、剃刀，还有几本西部小说杂志。农场工人都喜欢看这种杂志，表面上都是一副很不屑的样子，边看边骂，但私底下却深信不疑。另外，箱子上还摆着药品、小玻璃瓶、梳子。箱子旁边钉着铁钉，上面挂着几条领带。有一面墙的墙边摆着一座黑色的铁炉，一条排烟管直直穿透天花板。房间正中央有一张四方形的桌子，上面撒满了扑克牌。桌子四边摆了几个木箱，给玩牌的人当椅子坐。

早上十点钟左右，阳光从其中一扇窗口照进来，拉出一道长长的光束，光束中飘散着灰尘微粒。苍蝇在那道光束里飞进飞出，像流星一样忽明忽暗。

门上的木闩忽然被人托起来，门一开，一个驼背的老头走进来。他个子很高，身上穿着一套牛仔布工作服，左手拿着一柄大扫帚。乔治跟在他后面走进来，接着是伦尼。

“老板昨天晚上就在等你们了。”老头说，“本来你们今天早上就该上工了，结果却没看到人影，他气死了。”他伸出右手臂，结果袖口只露出一截圆圆的肉，看起来像手腕，没有手掌。“你们可以睡那边那两张床。”他指着靠近火炉的两张卧铺。

乔治走过去，把他的铺盖卷丢到床垫上。床垫是一个塞着干草的麻布袋。他看看墙上的木箱架子，伸手把上面的黄色小罐子拿下来。“嘿，这是他妈的什么鬼东西？”

“我不知道。”老头说。

“上面说这玩意儿可以用来杀虱子、杀蟑螂，还有其他各种害虫。喂，你叫我们睡这什么鬼床。你可别害我长阴虱。”

那负责扫地的老头把扫帚挟到胳肢窝下，腾出另一只手去拿那个罐子，然后仔细打量了一下上面的标签。“知道这是啥玩意儿吗——”他终于开口说，“上次睡这张床的家伙是个铁匠，是个大好人，而且爱干净爱得要命。每次吃完东西他都会用这玩意儿洗手。”

“那他身上怎么会长虱子？”乔治心头开始冒火了。伦尼把他的铺盖卷放在隔壁那张卧铺上，然后坐在上面，张大着嘴看着乔治。

“是这么回事。”扫地的老头说，“那铁匠叫威蒂，他那种人，就算身上没长虱子，也照样把杀虫药摆在身边——这叫有备无患，懂吗？你知道他从前什么样吗？吃饭的时候，他会把马铃薯皮都剥了，只要看到上面有半个小斑点，不管那斑点是什么东西，他一定会把它弄掉才肯吃。要是看到鸡蛋上有什么红斑，他一定会把它刮干净。后来，他就是因为受不了这里的伙食才辞职不干的。他就是这种人——永远干干净净。每到礼拜天，就算不去什么地方，他一样会把自己打扮得整整齐齐，甚至还打上领带，然后就这样在工寮里干坐着。”

“真的吗？”乔治一脸狐疑，“你刚刚说什么来着，他为什么辞职不干的？”

老头把黄色小罐子塞进口袋里，然后抬起手用指关节搓搓脸上白花花的大胡子。“为什么……他……反正就是不干了。跟其他人没什么两样。说是伙食不好，反正不想待在这里。就说是伙食不好，别的倒是没说什么。反正有一天晚上他突然说：‘工钱给我吧。’跟其他人没什么两样。”

乔治把他的床垫掀起来看看底下。他整个脸凑过去，仔细打量床垫套。这时候，伦尼立刻站起来学他的样开始检查床垫。后来，乔治似乎放心了。他摊开自己的铺盖卷，把里头的东西一样样拿出来摆到架子上，有刮胡刀、肥皂、梳子、药瓶、药膏、皮护腕。接着，他把毯子铺到床上，铺得整整齐齐。那老头又开口说：“老板大概快来了。今天早上没看到你们，他真的是暴跳如雷。一吃完早餐他就冲进来了，嘴里嚷着说：‘他妈的那两个新来的工人死到哪里去了？’然后他把那个管马房的小伙子也臭骂了一顿。”

乔治把床铺上一条皱褶拉平，然后坐下来问那个老头：“把管马房的小伙子臭骂了一顿？”

“没错。因为那小伙子是个黑鬼。”

“黑鬼？”

“是啊，人也很不错。他被马踢过，结果整个背被踢弯了。每次老板一发火就会骂他出气，可是他都不当一回事。他读过很多书。他房间里都是书。”

“老板人怎么样？”乔治问。

“呃，他人倒还不错，只是有时候脾气火暴了点。对了，告诉你一件事——你知道他圣诞节做了什么吗？他拿了一加仑的威士忌到这里来跟大家说：‘大伙儿喝个痛快。圣诞节一年才一次。’”

“真的假的！一加仑？”

“我对天发誓，半句不假。那天真痛快。那天晚上他们甚至还让那个黑鬼进来，叫他跟那个矮个子马夫史密提打一场。打得真精彩。大伙儿不准史密提用脚踢，所以黑鬼就打赢了。史密提嚷嚷着说，要是他可以用脚，他一定会宰了那个黑鬼。可是大伙儿说黑鬼驼背，所以不准史密提用脚踢他。”说到这里他忽然停下来，仿佛沉浸在当时的美好回忆里，“后来，大伙儿跑到索莱达上去狂欢了一晚。我没跟去，因为我那话儿已经不能用了。”

伦尼已经快把床铺好了。这时候，门上的木闩忽然又被抬起来，门一开，一个矮矮壮壮的男人站在门口。他穿着牛仔裤，法兰绒衬衫，黑背心，黑外套，背心的扣子没扣上。他两根大拇指插在皮带前面那个四四方方的钢环两边，头上戴着一顶脏脏的宽边牛仔帽，脚上穿着带刺的高跟长筒马靴。这身打扮一看就知道不是工人。

那扫地的老头飞快瞄了他一眼，然后开始往门口走去，边走边用指节搓胡子。“他们两个刚来。”说完他就从老板旁边挤过去，走到门外去了。

老板一步步走进工寮，步伐小，走得很快，腿短的人走路就是那模样。“我写信给‘莫瑞雷迪’的时候说得很清楚，两个工人今天早上就要上工。你们有工作证吗？”乔治立刻把手伸进口袋掏出工作证递给那个老板。“看起来，这件事不能怪‘莫瑞雷迪’，因为工作证上写得很清楚，你们两个今天早上就应该要来报到了。”

乔治低头看着鞋子。“都是那个公交车司机害的。”他说，“害我们多走了十几公里的冤枉路。说什么已经到了，叫我们在那里下车，结果还很远。而且今天早上都搭不到便车。”

老板斜眼瞄瞄他。“哼，运谷骡车队明明就缺两个人手，但最后实在没办法，还是叫他们上路了。你们现在去也没用了，只好等吃过晚饭再说吧。”说着他手伸进口袋里，掏出一本工作时间记录本，翻开到夹着铅笔那一页，“你叫什么名字？”

“乔治·米尔顿。”

老板转头问伦尼：“那你呢？”

乔治抢着说：“他叫伦尼·斯莫[1]。”

老板把他们的名字抄进本子里。“好了，二十个人了。到中午为止二十个。”他合上小本子，“你们两个先前在哪儿工作？”

“在北边的野草镇。”乔治说。

“你也是吗？”老板问伦尼。

---

1 斯莫原文为Small，斯坦贝克采用这个姓，乃是一种文学上的反讽手法。

“是啊，他也是。”乔治说。

老板伸出手指朝伦尼比了一下，那动作有点戏谑。“我看他好像不太爱说话是吧？”

“是的，他是不太爱说话，不过他干活很带劲。壮得跟头牛一样。”

伦尼自顾自笑了一下。“壮得跟头牛一样。”他又重复了一次乔治的话。

乔治瞪了他一眼，伦尼立刻惭愧地低下头。他忘了自己半句话都不准说。

这时老板突然说：“斯莫，我问你！”伦尼立刻抬起头。“你能干什么活？”

伦尼慌了，立刻用求助的眼神看着乔治。“你尽管吩咐，他什么活都能干。”乔治说，“他很会照顾马，他扛得动一大袋谷子，他会开耕耘机。样样都行。只要你给他机会，试试看就知道了。”

老板忽然转过来看着乔治。“你怎么不让他自己说？你在瞒我什么吗？”

乔治急了，嗓门忽然大起来：“哦，他是不怎么聪明。有点笨笨的。可是他干活真的很有一套。他扛得动两百公斤的谷袋。”

老板慢条斯理地把小本子放回口袋里，然后两根大拇指扣在皮带上，眯起一只眼睛瞄着他。那只眼睛眯得只剩下一条缝了。“喂——你拼命推销他，到底想干什么？”

“呃？”

“我的意思是，你到底能从这家伙身上捞到什么好处？你扣留他的工钱吗？”

“没有没有。当然不会。你怎么会觉得我在推销他呢？”

“嗯，因为我从来没见过有人对别人这么热心，我只是很好奇，你到底有什么目的。”

乔治说：“他是我……我表哥。我答应过他姑妈要好好照顾他。小时候他被马踢到头。没什么太大的问题，只是不太聪明。不过，不管你吩咐他做什么，他都能做。”

老板微微转开头。“嗯，扛谷袋用不着什么脑筋。不过，米尔顿，别想瞒我什么。我会盯住你的。还有，野草镇那边的工作，你们为什么突然不干了？”

“工作都完成了。”乔治急着说。

“什么样的工作？”

“我们……我们挖粪坑。”

“好吧，不过，别想瞒我什么。你瞒不过我的。自作聪明的人我见多了。晚上吃过饭之后，你们就跟着运谷骡车队出发吧。他们要到打谷机那边把打好的大麦搬回来。你就跟着史林姆的车队出去吧。”

“史林姆？”

“没错。他是领头骡车夫，个子很高。待会儿吃饭的时候你就会看到他了。”说完，老板突然转身朝门口走过去，但就在出门那一刹那，他忽然回头看着那两个人，看了好一会儿。

后来，他的脚步声渐渐远了。乔治立刻转头盯着伦尼。“你不是说你绝不会开口说半句话吗？你不是说你会闭上那张大嘴巴，让我来说就好？他妈的，差点饭碗又砸了。”

伦尼一脸无奈地看着自己的手。“对不起，乔治，我忘了。”

“是噢，你忘了。你老是忘了。我还得替你擦屁股。”他一屁股重重坐到床上，“这下子他盯上我们了。从现在开始，我们要特别小心，别再出什么差错。从今天开始，你那张大嘴巴最好给我闭紧一点。”说完他忽然不吭声了，一脸闷闷不乐。

“乔治。”

“你又要干吗？”

“乔治，我小时候没有被马踢到头啊。不是吗？”

“我还真巴不得你小时候被马踢到头。”乔治愤愤地说，“这样大家就都省了不少麻烦。”

“乔治，刚刚你还说我是你表哥。”

“嗯，我是骗他的。不过，还好你并非真是我表哥，真是万幸。万一真有你这样的亲戚，我还真想一枪打烂自己的脑袋。”说到这里他忽然停住了。他站起来走到敞开的门口，探头出去瞧了一眼。“喂，你干吗躲这里偷听？”

老头慢慢走进屋子里，手上还拿着扫把。一只瘸了脚的牧羊犬也跟在他后面进来。那只狗鼻子嘴边的毛都是一片灰白，眼睛灰浊，显然已经瞎了。它一瘸一拐地走到墙角，趴下来，轻轻哼了几声，伸出舌头舔舔身上的毛。它那身斑驳的灰毛仿佛被虫蛀过似的。老头一直盯着它，直到它躺下来才忽然开口说：“我没有偷听。我刚扫完厕所，只不过是找个阴凉的地方站着休息一下，顺便帮我的狗挠挠痒。”

“你明明就是在偷听我们讲话。”乔治说，“我讨厌别人管我闲事。”

那老头看看乔治，再看看伦尼，然后再看看乔治，眼神有点不安。“我才刚走到门口。”他说，“我根本就没听到你们在里面讲什么。更何况，我才懒得管你们说什么。在农场做工的人，根本懒得听别人说什么，也懒得问东问西。”

“知道就好。”乔治的火气好像慢慢消了，“要是这工作想干长久一点，最好放聪明点。”不过，听了老头的辩解，他倒也放心了。“进来坐一下吧。”他说，“这只狗真是够老的了。”

“是啊，打从它刚出生没多久我就开始养了，从小养到大。老天，那些年它还年轻力壮的时候，真是只棒透的牧羊犬。”他把扫帚靠到墙上，用指关节搓搓他那一团苍白的大胡子。“你觉得老板人怎么样？”他问。

“还不错。看起来还不错。”

“他确实是个好人。”老头表示赞同，“只要你不犯他的忌讳。”

这时候，有个年轻小伙子忽然走进工寮。那小伙子瘦瘦的，古铜色的脸，棕色的眼珠子，浓密鬈曲的头发，左手戴着一只工作手套。不过，他脚上穿的，是跟老板一样的高跟长筒马靴。“有没有看到我老爹？”他问。

那扫地的老头儿说：“柯利，他刚刚还在这里，可能到厨房去了，我猜。”

“那我去找他。”说着柯利瞄到那两个新来的工人，忽然盯着他们不放。他冷冷地瞪着乔治，然后再瞪瞪伦尼，两条手臂忽然弯起来，两手握起拳头，摆出一种防卫的姿势，浑身肌肉紧绷，弯腰微微拱起身体，目露凶光，仿佛在算计什么。伦尼被他瞪得浑身不自在，紧张得两腿扭来扭去。柯利一步一步逼近他。“你们这两个新来的，我老爹等的就是你们吗？”

“我们才刚到。”乔治说。

“叫那个大块头讲话。”

伦尼很不好意思地扭捏起来。

乔治说：“可是他不太爱讲话，怎么办？”

柯利立刻猛一转身。“去你的，我跟他讲话，他就得回话。我又不是跟你讲话，关你屁事？”

“我们是同伴，走到哪里都在一起。”乔治冷冷地说。

“哦，原来如此。”

乔治心里很紧张，可是身体却一动也不动。“是的，就是这样。”

伦尼用一种无助的眼神看着乔治，想看他有什么指示。

“看样子，你就是不让这个大个子开口说话，是不是？”

“要是他有什么事要告诉你，他自然会开口。”他朝伦尼微微点了一下头。

“我们才刚到。”伦尼说得很小声。

柯利目不转睛地盯着伦尼。“嗯，下次我再跟你说话，你一定要回答。”说完他就转身朝门口走出去了，两条手臂还是微弯着。

乔治看着他一路走出去，然后转头看向扫地的老头。“嘿，那家伙是受了什么气没地方发泄吗？伦尼又没惹他。”

老头小心翼翼地看看门口，看有没有人在偷听。“他是老板的儿子。”他悄悄说，“柯利身手很了得，打过很多场拳赛。他是轻量级的，很厉害。”

“嗯，厉害又怎么样。”乔治说，“他没事找伦尼麻烦干吗？伦尼又没招惹他。他到底看伦尼哪里不顺眼？”

老头想了一下，“嗯……你知道怎么回事吗？柯利讨厌大个子。矮子都是这样。一看到大个子他就想找碴。那种感觉就像，他讨厌大个子，纯粹只是因为他们块头比他大。你应该见过不少这种矮冬瓜，不是吗？老爱找麻烦。”

“见多了。”乔治说，“我见过不少厉害的小个子。不过，这个柯利最好不要来惹伦尼。伦尼身手虽然不怎么样，不过，柯利这浑球要是惹毛了伦尼，恐怕会受重伤。”

“呃，柯利身手真的很了得。”老头半信半疑地说，“不过我一直觉得这样很不公平。要是柯利动手打大个子，而且把他打倒了，大家都会说柯利很厉害。可是，要是他跟大个子干上了，结果被对方撂倒，大家却会说这样不公平，大个子要打架，应该找身材跟他差不多的人打。而且，大家说不定还会围殴那个大个子。我老觉得这样很不公平。照这样看来，柯利占尽优势，怎么样都是他赢。”

乔治一直看着门口，仿佛有不祥的预感。他说：“嗯，他最好小心伦尼。伦尼不会打架，可是他力气很大，动作很快，而且伦尼不会拿捏分寸。”说着他走到那张方桌旁边，坐到一口木箱上，把桌上的扑克牌都抓到手上，叠在一起开始洗牌。

老头坐到另一口木箱上。“刚刚我说的话千万不要告诉柯利。他会毫不在乎地宰了我，而且还不用担心被炒鱿鱼，因为他是老板的儿子。”

乔治切了牌，然后把牌一张张翻过来，仔细看看每张牌，然后丢到桌上，丢成一堆。他说：“感觉上，柯利这家伙很像个浑球。我很讨厌那种阴险狠毒的矮冬瓜。”

“我觉得他最近更恶劣了。”老头说，“几个礼拜前他娶了老婆，跟他那个老板爸爸住在一起。感觉上，自从结婚以后，柯利好像变得更耀武扬威了。”

乔治哼了一声。“说不定他是在炫耀他老婆。”

聊到这种八卦，老头讲得更起劲了。“你有没有注意到他左手那只手套？”

“有啊，看到啦。”

“嗯，那手套里涂满了凡士林。”

“凡士林？涂凡士林干吗？”

“呃，是这么回事——柯利说，为了他老婆的幸福，他要让那只手保持柔软。”

乔治聚精会神地盯着扑克牌。“到处讲这种话，真恶心。”他说。

老头似乎放心了。他发觉乔治听了他的话之后也开始说话损柯利，胆子就大起来了，于是继续说：“你真该瞧瞧柯利他老婆。”

乔治又切了牌，开始排接龙，动作慢条斯理。“漂亮吗？”他问得漫不经心。

“是啊，挺漂亮的……可是——”

乔治仔细盯着桌上的扑克牌。“可是什么——”

“呃——她很爱卖弄风骚。”

“哦？结婚才两个礼拜就开始卖弄风骚？这大概就是为什么柯利会是那副德性，好像有几万只蚂蚁在他裤裆里咬他老二。”

“我亲眼见过她勾引史林姆。史林姆是领头骡车夫，人非常好。史林姆指挥运谷车队有模有样，比老板还有气派。我亲眼看到她对史林姆抛媚眼，偏偏柯利都不知道。我也亲眼见过她对卡尔森抛媚眼。”

乔治假装没兴趣听。“看样子有热闹瞧了。”

老头站起来，“知道我有什么看法吗？”乔治没吭声。

“我认为柯利的老婆根本就是……根本就是个婊子。”

“不新鲜了。”乔治说，“干这种蠢事的人可多了。”

老头开始朝门口走过去，那只老狗立刻抬头四处张望，然后吃力地站起来跟在他后面。“我该去帮大伙儿准备洗澡盆了。车队大概快回来了。你们两个是来搬大麦的吗？”

“是啊。”

“你该不会把我刚刚说的话告诉柯利吧？”

“当然不会。”

“呃，先生，你真该去瞧瞧她。看看她像不像婊子。”说完他就出去了。屋外阳光灿烂。

乔治若有所思地放下扑克牌，把那三排扑克牌翻开，然后在A那排上面摆了四张梅花牌。此刻，阳光映照在地板上，形成一片四四方方的光，苍蝇在光束里飞进飞出，乍看之下仿佛一颗颗飞舞的小火花。他听到屋外传来叮叮当当的马具声，还有马车轮轴嘎吱嘎吱的声音。马车载得太重了。远远听到有人在吆喝，声音很嘹亮。“马房准备——哟嗬——马房——准备！”接着是，“他妈的，那死黑鬼跑哪儿去了？”

乔治盯着桌上的扑克牌，把牌全部合在一起，然后转头看着伦尼。伦尼躺在卧铺上看着他。

“嘿，伦尼！看起来这里不是个好地方。我有点怕。那个叫柯利的王八蛋恐怕会找你麻烦。我觉得他在试探你，想摸清你的底细。他大概认为他已经唬住你了。下次只要一逮到机会，他一定会对付你。”

伦尼眼中露出恐惧的神色。“我不想惹麻烦。”他哀号着说，“乔治，不要让他打我。”

乔治站起来，走到伦尼床边坐下来。“我恨死了那种王八蛋。”他说，“那种人我见多了。就像刚刚那老头说的，柯利那种人一定是有把握打赢才会出手。不管怎样他一定要赢。”他想了一下，然后又继续说：“伦尼，要是他找你打架，我们可能会被抓去坐牢。这点你千万记住。他是老板的儿子。你听着，伦尼，尽量躲开他，懂吗？甚至根本不要跟他讲话。要是他走进来，你就躲到房间的另一边去。听到了吗，伦尼？”

“我不想惹麻烦。”伦尼哀号着说，“我又没惹他。”

“呃，要是柯利存心想打架，就算你没惹他，他照样会找上你。总之，尽量躲他躲得远远的，记住了吗？”

“记住了，乔治。我半句话都不说。”

运粮骡车队越来越近了，声音越来越大。马蹄踩在坚硬地面上的嘚嘚声，车夫拉车闸的尖锐吱吱声，还有缰链拉扯的叮当声。车队的人吆喝来吆喝去。乔治坐在床铺上，脑海中思绪起伏，皱着眉头看着旁边的伦尼。伦尼怯生生地问："乔治，你在生我的气吗？"

"我不是生你的气。我是想到柯利那王八蛋就很火大。我本来是希望到这里能够赚点钱——说不定可以赚个一百块。"他的口气越来越坚决，"伦尼，千万记住，尽量躲开那个柯利，躲远一点。"

"我一定会，乔治。我半句话也不说。"

"他会逼你，但你可千万别上他的当——不过——要是那臭小子打你，你就让他——"

"让他怎么样，乔治？"

"算了算了。到时候再告诉你。我恨透了那种人。你听着，伦尼，我告诉过你，要是你真闯了什么祸，你应该怎么样，还记得吗？"

伦尼忽然用手肘把身体撑起来，皱起眉头拼命想。过了一会儿，他看着乔治的脸，眼神很悲哀，"要是我闯了祸，你就不让我养兔子了。”

“我不是说那个。你还记得昨天晚上我们睡觉的地方吗？河那边？”

“记得记得，当然记得！你叫我跑到那里去，躲到矮树丛里。”

“躲在那里，等我去找你。千万别让人看到你。躲在河边的矮树丛里。好了，你自己说一次。”

“躲在河边的矮树丛里，躲在河边的矮树丛里。”

“万一你闯了祸。”

“万一我闯了祸。”

这时候，门外马车拉了车闸，嘎吱一声。有人大喊：“马房——准备——哟嗬——马房——准备。”

乔治说：“你自己多说几次，伦尼，这样你才记得住。”

这时候，门口那片四四方方的阳光忽然被遮住了，他们两个都抬起头来看。有个年轻的小姐站在门口朝里头探头探脑。她嘴唇很丰满，抹得红红的，两眼中间隔得很开，浓妆艳抹，指甲也涂得红红的。她的头发卷成一条条的圆柱形，像一条条垂挂着的香肠。她身上穿着一件棉布居家服，脚上穿着一双红拖鞋，鞋面上有好几个红鸵鸟羽毛做成的小球。“我在找柯利。”她说。她的鼻音很重，声音很尖。

乔治转头看看四周，然后又回头看着她，“他刚刚还在这里，不过现在已经走了。”

“哦！”她两手交叉到身后，身体靠在门框上，刻意把胸部挺得高高的，“你们就是那两个新来的伙计吧？”

“是的。”

伦尼从头到脚打量她。她虽然好像没有在看伦尼，不过她却微微昂起头，似乎有点得意。她低头看看自己的指甲。“柯利有时候会跑来这里。”她解释说。

乔治不客气地说：“呃，不过他现在不在这里。”

“如果是这样，那我是不是应该到别的地方去找呢？”她装出俏皮的口气。

伦尼目不转睛地盯着她，如痴如醉。乔治说：“待会儿要是看到他，我会告诉他，你跑到这种地方来找他。”

她狡黠地笑了笑，浑身扭了一下。“要是他知道我在找他，怎么会怪我呢？”她说。这时候，她背后传来一阵脚步声。有人从她后面走过去。她立刻转头喊了一声：“嘿，史林姆。”

史林姆的声音从门外传进来：“嘿，美人。”

“史林姆，我在找柯利。”

“那你找得还不够彻底。刚刚我才看到他进你们家了。”

她忽然不安起来。“那就再见啰，小伙子。”她朝工寮里喊了一声，然后就匆匆忙忙跑掉了。

乔治立刻转头瞪着伦尼。“老天，真是个大骚货。”他说，“原来柯利挑的就是这种老婆。”

“她很漂亮啊。”伦尼好像在替她辩护。

“是噢，而且她还到处招摇，就怕别人不知道。柯利将来还有苦头吃的。我跟你打赌，只要塞给她二十块钱，她就跟你跑了。”

伦尼还是呆呆望着门口，仿佛她还站在那里。“老天，她真漂亮。”他傻笑着，一脸陶醉。乔治立刻转身瞪着他，一把揪住他的耳朵用力扯了好几下。

“你这神经病二愣子，你给我听清楚！”他气急败坏地嘶吼，“你敢再看那个臭婊子一眼试试。不管她说什么做什么，你都给我装作没看到。害人的狐狸精我见多了，可是这辈子我从来没见过比她更可怕的祸水。你要是敢去招惹她试试看。”

伦尼拼命想挣脱乔治的手。“乔治，我一定不会去招惹她。”

“你不会？说得好。那她刚刚站在门口露大腿的时候，你眼睛在看哪里，嗯？”

“我没什么坏念头，乔治，真的，我从来没有坏念头。”

“嗯，她是我从没见过的大祸胎，你给我听清楚，离她远一点。柯利自讨苦吃，他活该。你可别笨到跟他一样。他妈的手套里涂满了凡士林。”乔治一脸不屑，“我跟你打赌，他一定每天吃生鸡蛋，而且还写信到药房去打听有没有什么秘方。”

这时候，伦尼忽然哭喊起来——“乔治，我不喜欢这里。这地方不好。我不想待在这里。”

“我们非待在这里直到我们拿到钱不可。我们别无选择，伦尼。只要时候一到，我们马上就走。我跟你一样，我也不喜欢这鬼地方。”他走回桌子旁边又开始排接龙。“真的，我也不喜欢这里。”他说，“只要一拿到钱，管他多少钱，我马上就走。只要拿到几块钱，我们就可以到大河那边去淘金。说不定一天可以赚好几块钱，说不定还会被我们挖到大矿脉。”

伦尼立刻一脸热切地凑近他。“那我们走，乔治。我们赶快走。这里好可怕。”

“不行，还不能走。”乔治断然说，“现在你不要讲话。那些人马上就要进来了。”

工寮旁边的盥洗室里传来水声和脸盆碰撞的声音。乔治还是盯着桌上的扑克牌。“也许我们也该去洗一洗了。”他说，“不过，好像也不一定要洗，我们又没做什么工，身上也没弄脏。”

这时候，门口忽然出现一个高个子。他腋下夹着一顶宽边牛仔帽，举着双手梳理湿答答的头发，把那头又黑又长的头发梳到后面。那顶帽子都被他夹扁了。他穿着牛仔裤和短牛仔夹克，标准的农场打扮。头发梳好之后，他跨步走进工寮。他整个人散发出一种帝王般的威严，一种大师名家才有的风范。他是领头骡车夫，车队的灵魂人物。只要一拉住领头骡子的缰绳，他一口气就能驾驭十四、十六匹，甚至二十匹骡子。他拿长牛皮鞭用力一甩，轻易就可以打中车夫屁股上的苍蝇，却完全不会碰到骡子。他浑身散发出一种庄严沉稳的气度，只要他一开口说话，大家立刻就安静下来。他充满威严，不论谈到什么话题，政治也好，爱情也好，只要他一发表意见，大家都心服口服。这就是史林姆，领头骡车夫。他脸颊消瘦，看不出年龄，可能是三十五岁，也可能是五十岁。他心思灵敏，听得出别人话中的弦外之音。他讲起话来慢条斯理，而且他的话除了条理分明之外，往往还蕴含深意。他的手很大，细细瘦瘦的，动作却有如神殿中舞者般灵巧。

他把那顶压得皱巴巴的帽子拿起来抚平，在中间拉出一条褶缝，然后戴回头上。他用一种和善的眼神看着工寮里那两个人。“外头实在太亮了。”他的口气很温和，“一进到屋里眼前一片黑，几乎什么都看不见。两位就是新来的伙伴吗？”

“是的，我们刚到。”乔治说。

“你们是来搬大麦的吗？”

“老板是这么吩咐的。”

史林姆走到桌边，坐到乔治对面的木箱上。他打量了一下桌上的扑克牌接龙。从他坐的位置看过去，牌面正好上下颠倒。“真希望你们可以到我队上来。”他的口气非常温和，“我队上有两个二愣子，他们连什么是大麦袋，什么是卵蛋囊都分不清楚。你们搬过大麦吗？”

“搬过搬过。”乔治说，“我自己是不怎么样，不过旁边那个大块头二愣子就很厉害了，两个人抬不动的，他一个人就扛得动。”

伦尼一直聚精会神听他们讲话，眼睛一会儿看看史林姆，一会儿看看乔治。听到有人赞美他，他脸上立刻露出得意的笑容。史林姆听到乔治居然肯赞美别人，脸上露出赞许的神情。他忽然弯腰凑向前，伸手抓住一张扑克牌的牌角。“你们两个是一起的吗？”他的口气听起来很友善。他不需要开口要别人信任他，别人就会自然而然地感觉他值得信任。他这个人就是有这样的气质。

“是的。”乔治说，“我们会互相照应。”说着，他竖起大拇指比比伦尼，“他脑袋瓜子不太好，不过干起活来可是很吓人的。他是个大好人，只可惜有点笨笨的。我们俩已经认识很久了。”

史林姆目光越过乔治，望向远处。“很难得看到有人会这样在一起。”他若有所思地说，“真搞不懂这世界为什么会变成这样。好像天底下没人可以信任，你怕我，我怕你，你防我，我防你。”

“东奔西跑到处流浪，有个人可以陪在身边，感觉好多了。”乔治说。

这时候忽然有个人走进工寮。他肚子很大，强壮魁梧。他显然刚洗过头，头发还在滴水。“嘿，史林姆。”他打了声招呼，然后忽然停住脚步，瞪大眼睛看着乔治和伦尼。

“这两位老兄是新来的伙伴。”史林姆简单介绍了一下。

“老兄你好。”那大个子说，“我叫卡尔森。”

“我叫乔治·米尔顿。他是伦尼·斯莫。”

“老兄你好。”卡尔森又重复了一次，“我看他可不小啊。”他拿伦尼的姓开了个玩笑，自己咯咯笑起来。“真是不小。”他又说了一次，“对了，史林姆——你那只母狗怎么了？今天早上怎么没看到它跟在你骡车下面跑呢？”

“它昨晚生了一窝小狗。”史林姆说，“整整九只。我马上抓了四只泡到水里淹死。它奶水不够，养不活那么多小狗。”

“这么说，还剩五只啰？”

“没错，五只。我留了体形最大的那几只。”

“你觉得它们像哪一种狗？”

“很难说。”史林姆说，“应该比较像牧羊犬吧。它发情那阵子，我看到很多狗一天到晚绕着它转来转去，多半是牧羊犬。”

卡尔森继续追问：“五只小狗，嗯，你打算全留下来养吗？”

“现在还不知道。总得先留一阵子吧，这样露露才能喂它们喝奶。”

卡尔森想了一下，然后说：“呃，史林姆，我一直在想，坎迪那只狗真他妈太老了，老到快没办法走路了。而且很臭，臭死人。每次它一进工寮，那股臭味两三天都散不掉。你干脆叫坎迪开枪杀了那只老狗算了，然后送只小狗给他养，你觉得怎么样？那只狗的味道，一公里外都闻得到，而且又没牙齿，眼睛也差不多瞎了，根本没办法吃东西。坎迪都喂它喝牛奶，因为它什么都咬不动。”

乔治眼睛一直盯着史林姆。这时候，屋外忽然传来一阵敲三角铁的声音。一开始敲得很慢，然后越来越快，越来越快，快到声音全部连在一起，听起来像一长声，然后突然就停了。那声音来得突然去得也突然。

“吃饭时间到了。”卡尔森说。

这时候，门外忽然传来一阵嘈杂声，一大群人从工寮门口走过去。

史林姆慢慢站起来，那动作充满威严：“嘿，两位老兄动作最好快点，趁现在还有的吃赶快去，再过几分钟，你们就啥都没的吃了。”

卡尔森赶紧退后一步，让史林姆先走，然后两个人就一前一后走出去了。

伦尼很兴奋地看着乔治。乔治把扑克牌往桌上一丢，桌面一团乱。“好啦！”乔治说，“我听到他说了，伦尼。等一下我会问他。”

“我要咖啡色白色混在一起那种。”伦尼兴奋得大喊。

“走吧，我们去吃饭了。什么咖啡色白色混在一起，有没有那种小狗还不知道呢。”

伦尼还是躺在床上没动。“乔治，你赶快问他，要不然小狗会被他杀了。”

“好啦。走了，赶快起来。”

伦尼立刻翻身下床站起来，两个人开始朝门口走过去。就在走到门口那一刹那，柯利突然冒出来。

“你们有没有看到一个女人在这里？”他怒气冲冲地逼问。

乔治冷冷地说：“好像有看到，大概半个钟头了吧。”

“他妈的她跑来这里干什么？”

乔治站着一动也不动，狠狠瞪着那个怒气冲冲的矮冬瓜。他回答的时候暗暗损了他一句：“她说——她在找你。”

柯利那副模样，仿佛真的忘了他刚刚才见过乔治。他从头到脚打量了乔治一眼，估量他的身高有多少，挥拳能打多远，然后盯着他扁平的肚子。“嗯，她往哪边走了？”最后他又追问了一句。

“不知道。”乔治说，“她走的时候我又没看她。”

柯利狠狠瞪了他一眼，然后就转身急急忙忙出去了。

乔治说：“知道吗，伦尼，恐怕我自己也惹上这王八蛋了。动不动就要狠，他妈的真受不了！走吧，再晚就什么都没的吃了。”

于是，他们就走出去了。夕阳余晖在窗户底下映照出一道细细的光。远远传来一阵杯盘碰撞的声音。

过了一会儿，那只老狗一瘸一拐地走进门，用那双半瞎了的眼睛左右张望了一下，眼神很柔和。接着，它趴到地上，头摆在两只前脚中间。这时候，柯利突然又冲进门，朝工寮里东张西望。老狗抬起头来看看他。就在柯利跑掉那一刹那，老狗那斑驳灰白的头立刻又趴回地上了。

03

黄昏时刻，夕阳余晖从窗口照进来，但光线微弱，工寮里依然一片昏暗，敞开的门外一片嘈杂，有人在丢马蹄铁玩。马蹄铁掉到地上会发出咚的一声，偶尔也会撞在一起叮叮当当。时而也会听到一堆人大声喧哗，有时候是大声叫好，有时候是嘲笑。

史林姆和乔治两个人一起走进昏暗的工寮。牌桌上方悬着一盏铁皮灯罩的电灯，史林姆走过去，伸手打开那盏灯。锥形的灯罩将光线聚集在正下方，桌面陡然一亮，但工寮里其他角落却依然是一片昏暗。史林姆坐到木箱上，乔治坐在他对面。

“没什么啦。”史林姆说，“反正本来也是要抓去淹死的，不用谢了。”

乔治说：“对你来说也许没什么，可是对他来说就不得了了。老天，现在我真不知道要怎样才能把他抓进来这里睡觉。他一定会死赖在马房里跟小狗一起睡。他一定会钻到箱子里跟那些小狗挤在一起，怎么劝都不听。”

“没什么啦。”史林姆又说了一次，“对了，你还真说对了，你那个朋友人虽然不怎么聪明，不过我这辈子从来没见过干活像他那么带劲的人。他搬麦子快得吓死人，跟他同组的差点就被他累死，没有人跟得上他的速度。老天，他力气真他妈大得吓死人。”

乔治很得意地说：“不需要动脑筋的事，只要吩咐伦尼一声，叫他做什么他就做什么。他自己不知道要做什么，可是只要吩咐一声，他一定做得好好的。”

屋外传来阵阵叮当声，那是马蹄铁撞到铁杆子的声音。然后听到有人大声喝彩。

史林姆微微往后一仰，灯光忽然照不到他的脸。“看你们两个在一起，感觉实在有点怪。”每次史林姆希望获得别人信任时，就会出现这种动作。

“哪里怪？”乔治小心翼翼地问。

“呃，我也说不上来。很少看到有人像你们这样同进同出。很少看到工人像你们这样一起行动。你也知道，他们总是一个人来到农场，分配到一张床，干一个月的活，然后就不干了，人就走了，而且谁也不管谁的闲事。我只是觉得，他脑子有问题，可是你却挺精明的，你们两个搭在一起，感觉是有点怪怪的。”

“他不是神经病。”乔治说，“他是笨得要命，可是他不是疯子。更何况，我也没那么聪明。我要是真聪明，或者说，就算只是稍微有点脑筋，我早就自己搞一块地种田了，还犯得着到处打工，帮别人采收农作物？”说到这里，乔治忽然沉默了。他很想把心里的话说出来。而史林姆并没有催他，也没有阻止他。他就只是静静坐在那里，似乎有意听他继续往下说。

“所以说，我们两个走在一起，也没什么好奇怪的。”乔治终于又开口了，“我和他都是在奥本镇出生长大的，我认识他姑妈克莱拉。他刚出生没多久，她就领养了他，从小把他带大。克莱拉姑妈死了以后，伦尼就开始跟我一起到处干活，后来，久了也就习惯了。”

“嗯。”史林姆应了一声。

乔治凝视着史林姆，发觉史林姆也正凝视着他，眼神沉稳安详，感觉好像上帝的眼睛。“说也奇怪。”乔治说，“从前跟他在一起总觉得很好玩，我常常捉弄他，因为他实在太笨了，笨到不知道要照顾自己，甚至笨到不知道别人在捉弄他。当时觉得很好玩，而且和他在一起，我会觉得自己很聪明。不管我叫他干什么，他就干什么。要是我叫他从悬崖跳下去，他真的会跳下去。后来，过了一阵子，我忽然觉得没那么好玩了。不管我怎么整他，他从来不生气。我常常揍他，把他打得很惨，可是他从不还手。他力气大得吓人，一只手就可以把我全身骨头捏碎，可是他从来没碰过我一下。”乔治的口气有点像是在对神父忏悔，“后来有一天，我忽然决定再也不捉弄他了。你知道为什么吗，因为那天，我们在萨克拉门托河边，旁边有一堆人。当时我忽然又起了一股冲动。于是我就转头看着伦尼，告诉他：‘跳下去。’结果他真的就跳下去了。可是他根本不会游泳，差点淹死，后来我们赶快把他救起来。结果，我把他拉起来之后，他竟然一直跟我说谢谢，根本就忘了是我叫他跳下去的。呃，从此以后，我就再也没有捉弄过他了。”

“他是个好人。”史林姆说，“做好人不需要很聪明。我倒觉得，有时候人世间的状况正好颠倒。真正聪明的家伙往往都不是好东西。”

乔治把扑克牌堆成一沓，开始排接龙。门外持续传来马蹄铁丢在地上的咚咚声，夕阳余晖映照着窗户，四四方方的窗口依然明亮。

“我已经没有亲人了。”乔治说，“我发现农场上这些人都是孤家寡人。这样不太好。他们的人生没有乐趣，久了以后，人就会变得越来越坏。他们一天到晚想找人打架。”

“没错，他们都变得越来越坏。”史林姆也这么认为，“而且因为心眼不好，他们就越来越不想跟人说话。”

“伦尼这家伙是一天到晚惹人嫌没错。”乔治说，“可是，在一起久了，你会发觉自己越来越不忍心丢下他。”

“因为他心眼不坏。”史林姆说，“我看得出来，伦尼完全没有坏心眼。”

“他心眼确实不坏。可是他却一天到晚闯祸，因为他真他妈的实在太笨了。比方说，我们在野草镇——”说到一半他忽然停住了。他本来正要掀开一张扑克牌，手却忽然停住了。他立刻瞄了史林姆一眼，眼神有点紧张，“你不会告诉别人吧？”

“他在野草镇出了什么事？”史林姆口气很平静。

“你该不会告诉……不会。你一定不会。”

“他在野草镇出了什么事？”

“呃，他看到一个穿红衣服的女孩子。那个大笨蛋，看到喜欢的东西就想摸。他只是想感觉一下，所以就伸手去摸那件红衣服，结果那女孩立刻尖叫起来，把伦尼吓糊涂了。他不知道该怎么办，只好拼命抓住那件衣服。结果，女孩拼命叫个不停。当时我就在附近，听到那女孩在尖叫，就赶快跑过去看。当时，我看到伦尼已经吓坏了，拼命死抓着衣服不放。我拿了一根栅栏的木桩打他的头，逼他放手，可是他根本就吓傻了，不晓得要放开那件衣服。而且你也知道，他力气大得吓人。”

史林姆紧盯着他，两眼一眨也不眨。然后，他慢慢点了一下头：“后来呢？”

乔治又开始排接龙，动作小心翼翼。“呃，后来那女孩终于挣脱跑掉了，她告诉警察说她被人强奸了。野草镇的人立刻成群结队去抓伦尼。后来，我们只好躲在一条灌溉沟里，全身都埋在水里，只剩下头露在水沟边上，就这样一直躲到三更半夜，我们才趁黑逃走了。”

史林姆沉默了好一会儿，最后终于开口问：“那女孩子没怎么样吧？”

“没有没有。她只是被他吓到了。换成是我被他抓住，我也会吓到。不过他绝对没有伤害她。他只是想摸一下那件红衣服，就跟他老是喜欢摸小狗一样。”

“他心地不坏。”史林姆说，“人坏不坏，我在一公里外就可以一眼看出来。”

“他确实不坏，而且他什么都肯做，无论我——”

这时伦尼忽然走进门，那件牛仔外套像围巾一样披在肩上，走路弓着身体。

“嘿，伦尼。”乔治喊了他一声，“你喜欢那些小狗吗？”

伦尼兴奋得喘不过气来。“是棕色白色混在一起的小狗，刚好就是我想要的。”他自顾自走到床铺旁边，躺下来，然后转身面向墙壁，弯起膝盖，整个人蜷曲成一团。

乔治慢慢放下手上的扑克牌。“伦尼。”他大喊了一声。

伦尼立刻转头往后看，“嗯？什么事，乔治？”

“我不是告诉过你不准把小狗带进来吗？”

“什么小狗，乔治？没有小狗啊。”

乔治快步跑到他旁边，一把抓住他的肩膀把他翻过来，然后把手伸进伦尼怀里，把藏在那里的小狗抓出来。

伦尼立刻坐起来，“乔治，给我。”

乔治说：“你起来，把小狗抱回狗窝。要是它没有跟妈妈一起睡，它会死掉。你想害死它吗？它昨天晚上才生下来，你就把它从狗窝里抱走。马上抱回去，要不然我就叫史林姆不要给你小狗。”

伦尼可怜兮兮地伸长着手哀求他：“乔治，还给我好不好？我抱回去。乔治，我不是故意要伤害它。真的，我不是。我只是想摸一下。”

于是乔治就把小狗抱给他。“好吧，你赶快抱回去，不准再抱出来了。你再这样，它早晚会给你害死。”伦尼立刻就跑出去了。

史林姆坐着没动。他看着伦尼一路跑出去，眼神很平静。“老天。”他说，“他根本是像小孩子一样。”

“没错，他就是像小孩子一样。而且他也跟小孩子一样善良，不会害人。问题是，他力气实在太大了。我跟你打赌，今天晚上他一定不会回来睡觉。他一定会睡在马房的箱子旁边。呃——算了，不管他了。反正他睡那边应该也不会出什么问题。”

外头的天色已经差不多暗了。扫地的坎迪忽然走进来，走到他床边，那条老狗一瘸一拐地跟在他后面。“嘿，史林姆，嘿，乔治。你们怎么都不去丢马蹄铁呢？”

“每天晚上玩那个没意思。”史林姆说。

坎迪又说：“你们谁有威士忌？借我喝一口，我肚子痛。”

“我没有。”史林姆说，“就算有，我也会留着自己喝。还有，我没听过肚子痛喝酒就会好。”

“我肚子痛死了。”坎迪说，“他妈的一定是吃了那些烂萝卜。我还没吃就知道吃了一定肚子痛。”

这时候，身材壮硕的卡尔森从黑漆漆的院子里走进来了。他走到工寮的另一头，打开第二盏灯。“他妈的这里比地狱还暗。”他说，“真他妈的，那黑鬼丢马蹄铁丢得还真准。”

“他本来就很厉害。”史林姆说。

“真他妈的厉害。”卡尔森说，“不管是谁，想赢他，除非等下辈子——”说到一半他忽然停下来，仰头在半空中猛嗅，嗅着嗅着，他低下头，忽然看到那条狗。“老天，那条狗臭死了。坎迪，把它赶出去！我真不知道天底下还有什么东西会比你那条老狗更臭。把它赶出去！”

坎迪翻身躺到床边，伸手拍拍那条老狗，然后很不好意思地说：“它一天到晚黏着我，所以我没注意到它这么臭。”

“哼，我已经受不了了。”卡尔森说，“就算它出去了，那股臭味还是散不掉。”说着，他踩着沉重的脚步走到那条老狗旁边，低头看看它。“牙齿都掉光了。”他说，“又有风湿，全身都硬掉了，坎迪，你留着它还有什么用呢？而且，它这样活着自己也难受。坎迪，你干吗不一枪打死它算了？”

老头忽然很不自在地浑身扭捏了一下。“呃——没办法！它已经跟我太久了。从小把它养到大，从前我还在牧羊的时候它就跟着我了。”他的口气很得意，“现在大家都瞧它不顺眼，可是从前，它是我这辈子见过最棒的牧羊犬。”

乔治说：“之前我在野草镇见过一个人，他有一只会牧羊的硬毛猎犬。听说是跟别的狗学会的。”

卡尔森不想让人岔开话题。“嘿，坎迪，这只老狗这样活着根本就是受罪。你干脆把它带到外面去，朝它后脑勺开一枪——”说着，他凑近那只狗，伸手指着它的后脑勺，“——就这里，一下就了了，它根本不会有感觉。”

坎迪转头看四周，一脸不开心。“不行。”他说得很小声，“不行，我办不到。它跟我太久了。”

“它活着已经没意思了。”卡尔森还是很坚持，“而且它真的太臭了。这样吧，我代替你下手。这样你就不会不忍心了。”

坎迪两腿伸下床，伸手搔着脸颊上的白胡子，看起来很紧张。“可是我已经跟它在一起太久了，已经变成习惯了。”他说得很小声，“它才刚出生没多久，我就开始养了。”

“唉，你让它这样活受罪，不是太残忍了吗？”卡尔森说，“对了，史林姆的狗刚生了一窝小狗。史林姆一定很乐意送只小狗给你养，对吧，史林姆？”

史林姆凝视着那条老狗，眼神很平静。“对。”他说，“要是你想要小狗，我可以给你。”这些话，他仿佛鼓足了勇气才说出口。“卡尔森说得没错，坎迪，那只狗这样活着已经没意思了。要是哪天我老了，跟它一样跛脚了，我也会希望有人愿意开一枪让我解脱。”

坎迪一脸无助地看着他，因为史林姆的话有如圣旨。“可是我怕它会痛。”他还不放弃，“我还是有办法照顾它，不麻烦的。”

卡尔森说：“我来动手开枪，保证它不会痛。我会把枪对准这里。”说着他伸出脚指头指着老狗的后脑勺，“就在后脑勺，我保证它连身体都不会抖半下。”

坎迪用一种求助的眼神轮番看看每个人。外头天色已暗，一片死寂。这时候，有个年轻工人忽然走进来。他肩膀松垮下垂，弯腰驼背，仿佛身上背着一包看不见的大麦袋。他走到床边，摘下帽子放到架上，然后从架上抽出一本廉价小说杂志，拿到桌子旁边，坐在灯光下。“史林姆，这我拿给你看过了吗？”他问。

“给我看什么？”

那小伙子把杂志翻到最后面那几页，然后摆在桌上，伸出手指头指着，“就在这里，你念念看。”史林姆弯腰看了一眼。“念啊。”那小伙子说，“念大声一点。”

“‘编辑先生你好。’”史林姆慢慢开始念，“‘我是贵杂志的忠实读者，已经订阅六年了。我认为这是市面上最棒的杂志。我喜欢彼得·兰德的小说。我认为他是顶尖的。希望贵杂志能多刊载一些《黑暗骑士》那类的故事。我很少写信，所以，专程写这封信，就是为了告诉你们，我认为买了你们的杂志，花的每一分钱都值得。’”

史林姆抬起头，露出狐疑的眼神，“你为什么要叫我念这个？”

叫惠特的年轻人说：“继续念，念念底下的署名。”

史林姆念道：“‘祝你们成功，威廉·谭纳’。”他又抬头瞟了惠特一眼道：“你让我念这个干吗？”

惠特煞有其事地合上那本杂志，“你还记得比尔·谭纳吗？三个月前他在这里打工，还记得吗？”

史林姆想了一下……“是不是个子小小的？”他问，“开耕耘机的？”

“就是他。”惠特大喊了一声，“这是那家伙！”

“你认为这封信就是他写的？”

“很确定，因为我亲耳听到。那天比尔和我就在这间工寮里。当时比尔刚收到新一期的杂志。他一边翻一边说：‘我写了一封信到他们杂志社去，不知道他们会不会登出来！’结果没有。比尔又说：‘说不定他们会留在下一期刊登。’果然没错。那封信就在这里。”

“你大概说对了。”史林姆说，“确实刊登在这一本。”

乔治伸手想去拿那本杂志，“我可以看看吗？”

惠特又翻到那一页，可是杂志却抓在手上不肯给乔治。他伸出食指指着杂志上那封信，然后就走回床边，小心翼翼把那本杂志摆回箱架上。“不知道比尔有没有看到。”他说，“比尔和我一起在豆田那边干活。我们都是开耕耘机的。比尔人很不错。”

大家讲话的时候，卡尔森却不想跟大家扯。他一直低头盯着那条狗。坎迪一脸不安地看着他。后来，卡尔森终于又开口说：“如果你愿意让我代替你动手，那我马上就可以让这个老家伙解脱痛苦，一了百了。它这样活着，已经没什么意思了。没办法吃东西，眼睛看不见，甚至连走路都会痛。”

坎迪心存侥幸地说：“可是你没有枪。”

“谁说我没有？我有一把鲁格手枪。我保证它完全不会痛。”

坎迪说:“明天好了。还是等明天好了。”

“有必要拖到明天吗?”卡尔森说。他走到床边,从床底下拿出一个袋子,从里面拿出一把鲁格手枪。“好了,我们把这件事做个了结吧。”他说,“它在这里,我们会臭得睡不着觉。”说着,他把手枪塞进裤子的口袋里。

坎迪一直看着史林姆,看了好久,心里巴望着他能够开口说句话,扭转眼前的局面。只可惜史林姆毫无反应。后来,坎迪终于绝望了,嗫嚅地说:“好吧——你带它走吧。”他说话的时候,眼睛根本不敢看那只老狗。他躺回床上,两手枕在头底下,失魂落魄地盯着天花板。

卡尔森从口袋里掏出一截短皮绳,然后弯腰把绳索套到老狗脖子上。在场的人都看着他,除了坎迪。“走吧,伙计,我们走吧。”他轻轻喊了两声,然后有点不好意思地对坎迪说,“它绝对不会痛。”坎迪没动,也没有吭声。于是,卡尔森扯了一下绳索。“走吧,伙计。”卡尔森轻轻拉着绳子,老狗慢慢站起来,跟着他一步步走出去,步履迟钝僵硬。

这时候,史林姆忽然叫了一声:“卡尔森。”

“怎么了?”

“你好像忘了什么。”

“什么意思，史林姆？”

“带把铲子。”史林姆说得干脆利落。

“哦，对了！我懂了。”说完他就拉着老狗走出去了。屋外是黑沉沉的夜。

乔治跟着走到门口，关上门，然后轻轻拉上门闩。坎迪直挺挺地躺在床上，愣愣地盯着天花板。

这时候，史林姆忽然大声说：“我那只领头骡子脚蹄受伤了。我得去找柏油帮它抹一抹。”他越说越小声。屋外寂静无声。卡尔森的脚步声渐渐消失了，屋子里又陷入一片沉寂，而且很久很久都没有人说话。

接着，乔治突然咯咯笑起来，“跟你打赌，伦尼现在一定在马房里，黏在那些小狗旁边。现在有小狗了，他一定打死都不肯再回来了。”

史林姆说：“坎迪，那些小狗，看你喜欢哪一只尽管挑。”

坎迪没吭声。屋里又陷入一片死寂。那是一种夜晚特有的寂静，而此刻，那种寂静弥漫在整间屋子里。乔治又开口说：“有人想玩扑克牌吗？”

“我陪你玩几把。”惠特说。

他们面对面坐到桌旁，头顶上的灯光照在桌面上。然而，乔治并没有动手洗牌。他把整沓扑克牌拿在手上，拇指沿着牌缘快速翻动，显得很紧张。那种噼里啪啦的声音很刺耳，大家都转过头来看他，于是他立刻停止动作。屋子里又陷入一片死寂。一分钟过去了，两分钟过去了，坎迪还是躺在床上一动也不动，愣愣地盯着天花板。史林姆一直看着他，看了好一会儿，然后低头看看自己的手。他用一只手压住另一只手，保持这个姿势不动。地板底下传来一阵窸窸窣窣的声音，好像有老鼠在咬东西。大家立刻低头看地上，心里暗暗庆幸屋子里有点声音。只有坎迪没动，还是一直盯着天花板。

“地板下面好像有老鼠。”乔治说，“应该在下面放个捕鼠器。”

惠特忽然大喊了一声：“他妈的他怎么搞了那么久？嘿，乔治，你怎么不发牌？你不发牌我们怎么玩牌？”

乔治立刻握紧手上的扑克牌，眼睛盯着牌背面。屋子里又陷入一片沉寂。

接着，远处传来一声枪响，大家立刻转头看向坎迪。每个人都转头。

坎迪依然盯着天花板，盯了好一会儿，然后慢慢转身面向墙壁侧躺，不发一语。

乔治噼里啪啦地洗牌，然后开始发牌。惠特把记分牌拿过来，重新归零，然后说："看样子，你们好像真是来工作的。"

"这话怎么说？"乔治问。

惠特大笑起来，"呃，因为你们是星期五来的。你们必须工作到礼拜天才能休息。"

"我还是不太懂你是什么意思。"乔治说。

惠特又笑起来，"要是你待过这种大农场，你就明白我是什么意思了。有些人喜欢先看看农场的环境适不适合，所以他们会挑礼拜六下午来。这样一来，他们什么活都不用干就赚到了礼拜六的一顿晚餐，礼拜天的三餐。到了礼拜一，他们吃过早餐之后就辞职不干了。可是你们两个却挑礼拜五中午来，也就是说，不管你们盘算的是什么，你们都得干一天半的活。"

乔治目不转睛地盯着他。"我们会在这里做上很长一阵子。"他说，"我和伦尼打算多赚点钱。"

这时候，门突然静悄悄地开了，那个马夫探头进来。他是黑人，脸型消瘦，满脸皱纹，仿佛历尽沧桑，眼神显得很有耐性。“史林姆先生。”

史林姆本来看着坎迪，一听到声音立刻转过头来，“哦！嘿，柯鲁克，怎么了？”

“刚刚你交代我把柏油烧热，要抹骡子的脚。我已经弄好了。”

“哦，好。柯鲁克，我马上就过去抹。”

“需要我帮你抹吗，史林姆先生？”

“不用了。我自己来就好。”他边说边站起来。

柯鲁克又叫了一声：“史林姆先生。”

“怎么了？”

“那新来的大个子在马房里，他在玩你的小狗。”

“嗯，他不会把它们怎么样的。我送了一只小狗给他。”

“只是来跟你说一声。”柯鲁克说，“他把小狗从窝里抱出来，抓在手上玩。这样对小狗好像不太好。”

“他不会伤害小狗。”史林姆说，“走吧，我跟你去看看。”

乔治忽然抬起头来，“史林姆，要是那神经病二愣子闹得太过火，你就叫他滚出来。”

史林姆跟着那马夫走出工寮。

乔治开始发牌，惠特拿起扑克牌仔细打量。“你见过那个新来的小朋友了吗？”他问。

“什么小朋友？”乔治问。

“哎，就是柯利的老婆嘛。”

“哦，见过了。”

“嗯，怎么样，够骚吧？”

“我没注意到那么多。”乔治说。

惠特很夸张地把扑克牌放到桌上。“嘿，那你就睁大眼睛随时等着瞧。有的你瞧的。她可真是豪放到家了，从没见过像她那种骚货。到处勾引男人，不管见了谁都抛媚眼，就连马房那黑鬼都不放过。真搞不懂她究竟想干什么。”

乔治漫不经心地问：“她来了以后，出过什么事吗？”

惠特显然并不是真的想玩牌。他打出一张牌，结果却被乔治吃掉了。接着乔治摊牌了——一条龙。

惠特说：“我知道你的意思。没有，还没出过什么事。到目前为止只不过是柯利那方面有点毛病，如此而已。每次有一大群人聚在一起，她都会突然冒出来，说她要找柯利，不然就是说什么有东西忘了带走，她跑回来找。看她那样子，好像没有男人活不下去。柯利一定觉得他裤裆里好像有几万只蚂蚁在咬。不过话说回来，到目前为止还没真正出过什么事。”

乔治说：“她一定会搞得鸡飞狗跳。再不久一定会天下大乱。她跟炸药没什么两样，一点火就天崩地裂了。柯利根本就是自讨苦吃。农场里的男人都像豺狼虎豹，这种地方不是女人该来的，尤其是像她这种女人。”

惠特说：“哎，要是你会想，那明天晚上干脆跟我们到镇上去一趟。”

“想？想什么？去干吗？”

“哎，就那回事嘛。我们到老苏西那边去。那地方好极了。老苏西那人挺有意思，很爱开玩笑，比方说，上礼拜六晚上我们到她那边去，才走到店门口的门廊上，她就把门拉开朝店里大叫，‘姑娘们，衣服赶快穿上，警察来了。’她开玩笑从来不带脏字。她手底下有五个小姐。”

“那你怎么不去？”乔治问。

“因为打一炮得要两块半。不过，一杯酒才两毛钱，而且苏西店里的椅子坐起来很舒服。要是你不想打炮，还是可以舒舒服服坐在椅子上喝他个两三杯，混他个一整晚，苏西也不会管你。她人不错，就算你不打炮，她也不会把你轰出去。”

“嗯，哪天跟你们去开开眼界。”乔治说。

“好啊，到时候一起去。那真他妈的过瘾——她讲笑话从来没停过。好比说，有一次她说：‘我见过一种人，地板上铺条破毯子，电唱机上放盏胖娃娃造型台灯，以为这样就可以开妓院接客了。’她讲的是克莱拉的店。苏西还说：‘我知道你们这些小伙子心里在想什么。’她说：‘我们家的姑娘都很干净。’她说：‘我卖的威士忌绝对没掺水。’她说：‘要是有哪个小伙子想见识一下胖娃娃台灯，不怕中镖，那你们应该知道哪里可以去。’她说：‘有没有看过小伙子走路是罗圈腿[1]？因为他们都喜欢去看那盏胖娃娃台灯。’”

乔治问：“那个克莱拉也是开妓院的吗？”

“是啊。”惠特说，“我们从来不去她那里。打一炮，克莱拉就要你三块钱，喝杯酒就要三毛半。而且她老是臭着一张

1 暗示这些人染上了脏病。

脸，从来不说笑。反过来，苏西那儿就很干净，椅子坐起来也舒服，而且她不让黑鬼进门。”

“我和伦尼打算存点钱。”乔治说，“说不定我会考虑喝他个一杯，不过我可没打算花两块半的冤枉钱。”

“呃，男人嘛，有时候总是得找点乐子。”惠特说。

这时门忽然开了，伦尼和卡尔森一起走进来。伦尼蹑手蹑脚走到床边坐下来，好像很怕有人注意到他。卡尔森把手伸进床底下，拿出他的袋子。他不敢看坎迪。坎迪还是直挺挺地躺在床上没动，面向墙壁。卡尔森从袋子里掏出一根通枪条和一小罐油。他把通枪条和油罐放在床上，然后掏出手枪，拉出弹匣，抖出枪膛里的弹壳，然后拿起通枪条开始清枪管。后来，坎迪听到退壳杆咔嚓一声，忽然转过头来看那把枪，看了好一会儿，然后又回头面向墙壁。

卡尔森漫不经心地问：“柯利有没有来过？”

“没有。”惠特说，“他又怎么了？”

卡尔森眯起眼睛盯着枪管里面，“又在找他老婆了。我看到他在外头转来转去。”

惠特尖酸刻薄地说：“他每天过日子，有一半的时间是在找她，另外一半的时间是她在找他。”

这时候柯利忽然很激动地闯进来。“有谁看到我太太？”他劈头就问。

“她没在这里。”惠特说。

柯利转头看看四周，忽然目露凶光，“史林姆死到哪儿去了？”

“到马房去了。”乔治说，“骡子蹄裂了，他去帮它抹柏油。”

柯利肩膀往下垂，仿佛松了一口气，然后忽然又挺起胸膛。“他去多久了？”

“五到十分钟吧。”

柯利飞快蹿出门，然后砰的一声用力关上门。

惠特立刻站起来。“我要去看好戏。”他说，“柯利一定是气昏头了，不然他怎么敢去惹史林姆？柯利身手很了得，真他妈的了得。当初还打进‘金手套奖’决赛。到现在他还留着那场比赛的剪报。”他想了一下，然后又继续说，“不过，就算打进决赛又怎样，他最好还是别去惹史林姆。没人知道史林姆被惹毛了会可怕到什么程度。”

“他是不是以为史林姆勾搭上他老婆了？”乔治问。

“看样子好像是。”惠特说，“当然史林姆不可能会干这种事。至少我个人认为史林姆不是这种人。不过，要是他们两个真的开干，这种好戏当然不能错过。走，我们去看看。”

乔治说：“我还是待在这里好了。我不想被扯进去，惹上什么麻烦。我和伦尼打算存点钱。”

卡尔森擦好了枪，把枪放进袋子里，然后把袋子塞进床底下。“我也去看看好了。”他说。坎迪还是躺着没动，而伦尼则是躺在床上小心翼翼地看着乔治。

惠特和卡尔森走出去，关上门。这时候，乔治转头对伦尼说：“你在想什么？”

“乔治，我没做什么啊。史林姆叫我暂时不要一直摸小狗。史林姆说这样对小狗不好。所以我就进来了。我很听话的，乔治。”

“早交代过你了。”乔治说。

“对了，我也没有伤害它们。我只是把我那只放在膝盖上摸一下。”

乔治问：“你刚刚在马房里有没有看到史林姆？”

“有啊。他叫我不要再摸小狗。”

“你有没有看到那个小姐？”

“你是说柯利的小姐吗？”

“没错。她有没有去马房？”

“没有。反正我没看到她。”

“你有没有看到史林姆跟她说话？”

“呃，呃，她没去马房啊。”

“好了。”乔治说，“那几个家伙想去看他们打架，这下子没戏看了。对了伦尼，万一有人打架，你千万不要扯进去。”

“我不想打架。”伦尼说。他翻身下床，走到桌旁坐下来，坐在乔治对面。乔治下意识地又开始洗牌，要继续排接龙。他动作很慢，若有所思。

伦尼抓起一张人头牌，仔细打量了半天，然后把牌上下翻转过来又看了好久。“两头都一样。”他说，“乔治，为什么两头都一样？”

“我不知道。”乔治说，“反正扑克牌就是做成这样。刚刚你在马房里看到史林姆的时候，他在做什么？”

“史林姆？”

“嗯，你说你刚刚看到他在马房里，他叫你不要再摸小狗。”

“哦，对了，他提着一桶柏油，手上拿着一把刷子。我不知道他要干什么。”

“你还记得今天下午那个小姐跑到这里来吧？你确定她没有到马房去吗？”

“没有。她没去。”

乔治叹了口气。“必要的时候，我倒宁愿有间像样的妓院可以去。”他说，“男人有时候总得有个地方可以喝个烂醉，发泄一下精力，而且不会惹上麻烦。尽管上妓院去难免要破财，但至少心里有个底。就是千万别惹上这个大骚货，那是要坐牢的。”

伦尼听他讲话，满脸钦佩的神色。他自言自语地重复乔治刚刚说的话。乔治又继续说：“伦尼，你还记得安迪·库什曼吗？跟我们一起上小学那个安迪，还记得吗？”

“我记得有个小孩的妈妈常常烤蛋糕给我们这些小孩吃。那蛋糕热腾腾的。你说的是那个小孩吗？”

“对了，就是他。只要扯到吃的，你倒是记得很清楚。”

乔治聚精会神地看着桌上的接龙牌。他在积分牌那一列摆了一张老A，接着再摆上方块2、方块3、方块4。“安迪目前人在圣昆丁监狱。为了一个婊子。”乔治说。

伦尼四只手指头轮番敲着桌面，然后叫了一声：“乔治。”

“怎么了？”

“乔治，我们还要多久才能弄到我们的小地方，然后种田过日子，还有——养兔子？”

“还不知道。”乔治说，“我们要先存一大笔钱。我知道有个小地方很便宜就可以买到，不过再怎么便宜还是要钱。”

这时坎迪忽然慢慢翻身转过来，眼睛睁得好大。他仔细盯着乔治。

伦尼说：“乔治，告诉我好不好，那是什么地方？”

“昨天晚上不是告诉过你了吗？”

“说嘛，乔治——再说一次嘛。”

“嗯，有十英亩大。”乔治说，“而且还有一座小风车，一栋小木屋，一座鸡舍、厨房，还有一片果园，里头有樱桃、苹果、桃子、杏仁、坚果，还有莓果。另外还有一个地方可以种苜蓿，水很多，多到可能会淹水。另外还有一座畜栏——”

“还有兔子，乔治。”

“目前还没有地方养兔子，不过我可以做几口兔笼，然后你可以喂兔子吃苜蓿。”

“没错没错，真的可以。”伦尼说，“一点都没错，我真的可以。”

乔治的手忽然停止动作不翻牌了。他口气越来越兴奋：“然后我们还可以养几只猪。我还可以盖一间熏肉房，像我爷爷从前那间一样的。等我们杀了猪，就可以把猪肉拿来熏培根，熏火腿，做香肠，还有其他有的没的。等鲑鱼游到河上游的时候，我们可以抓他个几百条，用盐巴腌起来，然后熏成鱼干，拿来当早餐吃。天底下还有比烟熏鲑鱼更好吃的东西吗？到了水果采收季节，我们可以把水果做成罐头——还有番茄。番茄罐头比较好做。每到星期天，我们可以杀只鸡，或是杀只兔子。说不定我们还可以养一头乳牛，或是一只山羊。想象一下，那奶油有多厚，厚到要用刀子切，用汤匙舀。”

伦尼瞪大眼睛看着他，坎迪也看着他。伦尼轻声说：“我们还可以种田过日子。”

“没错。”乔治说，“我们可以在菜园里种各种蔬菜，而且，要是我们想买点威士忌来喝，我们可以卖一些鸡蛋什么的，或是卖牛奶。反正，我们可以在那里快快活活地过日子。那里就是我们的家了。我们再也不用到处流浪，吃日本厨子做的菜。不，伙计，我们会有自己的家，再也不用睡在工寮里。”

“乔治，你赶快说，什么样的房子。”伦尼哀求他。

“好啊，告诉你，我们要盖一栋小房子，我们会有自己的小房间，还有一座铁做的大火炉。冬天的时候，我们就让火从早到晚一直烧，永远不熄。我们那块地不够大，所以我也不需要工作得太累。说不定一天做六七个钟头就够了。我们再也不需要一天连扛十一个钟头的大麦袋。不管我们种了什么作物，我们都可以自己收成。我们会看得到自己辛苦耕耘的成果。”

“还有兔子。”伦尼迫不及待地说，“我会养兔子。乔治，你赶快说，以后我会怎么养兔子。”

“好啊，告诉你，你会拿一个袋子到苜蓿田去，装满一整袋的苜蓿，然后放到兔笼里。”

“然后它们会一口一口咬苜蓿。”伦尼说，“我看过兔子咬苜蓿的样子，我看过。”

“然后，大概过六个礼拜之后。”乔治继续说，“它们就会生出一窝小兔子，不但够我们吃，还可以拿去卖。我们可以养几只鸽子，放它们在天空飞，看到它们绕着风车盘旋。我记得小时候就是那样。”他说着说着，入神地盯着伦尼头上方的墙壁，“那一切都是我们的，我们再也不会被人一脚踢开。要是碰到讨人厌的家伙，我们可以叫他滚蛋，而且，老天，他真的也只能摸着鼻子乖乖滚蛋。要是有朋友来找我们，我们还可以多准备一张床，然后告诉他：‘嘿，晚上干脆睡这里吧。’老天，他们一定很乐意。我们还可以养只长毛猎狗，养几只小花猫，不过你得千万注意，别让那些猫吃掉我们的小兔子。”

伦尼呼吸越来越急促。“要是它们敢去惹兔子就试试看，我一定他妈的扭断它们的脖子。我一定……我一定拿棍子把它们打个稀烂。”说到这里，他开始平静下来，但嘴里还嘀咕着，恐吓那些猫不准去动兔子。尽管猫和兔子都是还没有实现的梦。

乔治愣愣地坐在那里，仿佛陶醉在未来的美梦里。

这时坎迪忽然开口了，他们两个都吓了一大跳，仿佛干了什么坏事被人逮到。坎迪说：“你知道哪里有那样的地方吗？”

乔治立刻提高警觉。“就算知道，”他说，“跟你有什么关系？”

“你不必告诉我在哪里。我不可能找得到。”

“没错。”乔治说，“你当然找不到。再一百年也找不到。”

坎迪忽然很兴奋地问：“像那种地方，他们想卖多少钱？”

乔治一脸狐疑地打量着他，“呃——出价六百就买得到了。地主是一对老夫妇，穷得要命，偏偏那老太太需要开刀动手术。嘿——你问这干吗？这是我们两个的事，跟你有什么关系？”

坎迪说：“我只剩一只手，已经不中用了。我是为了干这农场的活，这只手才会没了，所以他们才会让我留下来扫地打杂。另外，他们还因为我的手废了，给了我两百五十块。除此之外，目前我银行里还有五十块的存款，所以，加起来总共三百块。还有，这个月底我还会再拿到五十块。呃，是这样的——”他忽然弯腰凑向前，一脸热切的表情，“要是你们肯让我入伙，我可以拿出那三百五十块。我是已经不中用了，不过我还可以煮饭，喂喂鸡，说不定还可以到菜园里除除草。你们觉得怎样？”

乔治眯起眼睛，“我得考虑一下。我们本来只打算两个人自己干。”

坎迪忽然插嘴说：“我会立个遗嘱，要是哪天我翘辫子，所有的东西全归你们。因为我无亲无故，只剩我孤家寡人一个。对了，你们有钱吗？要不要我们现在就动手干？”

乔治愤愤地朝地上吐了一口唾沫。“我们两个身上一共才十块钱。”他想了一下，然后又继续说，“我是在想，要是我和伦尼干一个月活，一毛钱都不花，我们就有一百块了。这样加起来就有四百五。这价钱肯定买得下那块地。然后，你和伦尼先到那边去整理，我留在这边继续干活，赚够钱补上差额。而且你们可以开始卖卖鸡蛋之类的。”

两个人忽然不说话了，你看我我看你，一脸惊喜。他们这辈子做梦都不敢相信的事竟然就要实现了。乔治一脸虔诚地说：“老天爷！这事一定会成。”他眼中神采飞扬。“这事一定会成。”他又悄悄说了一次。

坎迪坐到床沿，伸手摸摸手腕的残肢，神情有点紧张。“四年前我受了伤。”他说，“我想，他们很快就会把我踢走。一旦我连打扫都不行了，他们就会把我丢给政府。我是在想，要是我把钱交给你们，那么，就算我不中用了，也许你们还肯收留我，让我到菜园里除除草。另外，我还可以洗洗盘子、喂喂鸡之类的。不管怎么样，好歹那是自己的窝。不管干什么活，好歹都是在自己的窝。”他口气很凄凉，“今天晚上他们是怎么对付我的狗，你们也看到了不是吗？他们说它活着已经没意思了，而且对谁都没好处。我是在想，要是哪天他们要把我一脚踢开，那还不如找人一枪打死我算了。不过我想，他们大概不会干那种事，因为我无家可归，也找不到工作。对了，等你们两个钱够了可以不干的时候，我还可以再拿到三十块钱。”

乔治忽然站起来。“那好，就这么干。”他说，“我们把那小地方整顿好，以后就可以在那里过日子了。”说完他又坐了下来。三个人都坐着没动，沉浸在美好的想象中。三个人都在想，等哪天梦想实现了，未来将是多么美好。

乔治用一种无限向往的口气说：“说不定哪天会有人到咱们镇上来办嘉年华，或是有马戏团来，或是到咱们镇上来举行球赛，或是别的什么新鲜玩意儿。”坎迪点点头，似乎觉得这念头很有意思。“而且我们想去就去。”乔治说，“不必老板批准，不用再问可不可以去。我们只消说一声‘我们走吧’，然后就可以走了。只要等牛奶挤好了，鸡也喂了，我们就可以走了。”

“还有，丢几根草到兔笼里。”伦尼忽然插嘴说，“喂兔子我一定不会忘记。乔治，我们什么时候可以开始？”

“再过一个月。再等一个月就好了。嘿，知道现在我要干什么吗？我要写信给地主那对老夫妇，告诉他们那块地我们要了。还有，坎迪你先寄一百块给他们当订金。”

“没问题。”坎迪说，“对了，他们那边的火炉好不好？”

“那还用说，火炉棒得很，可以烧炭也可以烧木柴。”

“我要带小狗去。”伦尼说，“老天，它一定会喜欢那里。”

这时候，他们听到屋外有人在讲话，声音越来越近。乔治立刻说：“这事千万别告诉任何人。就我们三个，不能再让其他人知道。万一他们知道了，可能把我们踢出去，那我们就赚不到钱了。就装作我们打算在这里扛一辈子大麦袋，然后有一天，等一拿到钱，我们立刻离开这鬼地方。”

伦尼和坎迪猛点头，笑得很开心。“千万别告诉任何人。”伦尼自言自语道。

坎迪忽然叫了一声：“乔治。”

“怎么了？”

“乔治，我实在应该自己动手开枪打死那只狗。我不应该让外人开枪打死它。”

这时候，门忽然开了，史林姆走进来，柯利、卡尔森和惠特跟在后面。史林姆两手沾满黑漆漆的柏油，脸色铁青，而柯利紧挨着他。

柯利说：“呃，我没别的意思，史林姆。我只是问一下而已。”

史林姆说：“哼，一天到晚问这个，你烦不烦？我他妈的快受不了了。你他妈的自己管不住老婆，还要我怎样？你他妈的少来烦我。”

“我刚刚不是说我没那个意思吗？”柯利说，“我只是问一下，不知道你有没有看到她。”

“你干吗不叫她乖乖他妈的待在家里？”卡尔森说，“她一天到晚跑到工寮里来鬼混，我看要不了多久你就要头大了，而且还拿她没辙。”

柯利猛一转身瞪着卡尔森，“关你屁事。怎么，皮痒欠揍啊？”

卡尔森大笑起来。“你他妈的窝囊废。”他说，“你以为史林姆会怕你啊？你吓得了他吗？我看倒是你见了史林姆就两腿发软，窝囊废。次中量级拳击冠军又怎样？你敢来惹我，我就踢到你他妈的满地找牙。”

坎迪兴冲冲地火上加油。“手套里还涂什么凡士林。”他口气很不屑。柯利气呼呼地瞪向他，然后视线飘向坎迪身后，看到后面的伦尼。伦尼还沉醉在美梦里，还在想自己未来的农场，满脸傻笑。

柯利像猎犬似的一个箭步冲到伦尼面前，“你他妈的笑什么？”

伦尼一脸茫然地看着他，“嗯？”

柯利终于爆发了，“来呀，你这蠢大个。站起来啊，他妈的王八蛋，怎么，块头大就敢嘲笑我？不教训你一下，不知道谁是窝囊废。”

伦尼一脸茫然地看看乔治，然后忽然站起来往后退。柯利站稳脚步，摆开架势，然后左手一挥打了伦尼一拳，接着是一记右拳打在伦尼鼻子上。伦尼吓得惨叫起来，鼻子血流如注。“乔治。”他惨叫，“叫他别打我，乔治。”他拼命往后退，最后退到墙边，而柯利却还是一直进逼，又一拳打在他脸上。伦尼两手垂在旁边，吓呆了，竟然完全不招架。

乔治立刻站起来大喊：“快还手，伦尼。别让他打到你。”

伦尼立刻举起那双巨掌挡在脸上，吓得猛叫。他哭喊着：“乔治，叫他住手。”这时候柯利拳头朝他肚子一阵猛打，打得他快喘不过气来。

史林姆忽然跳起来。“卑鄙的臭小子。”他大叫，“我来收拾他。”

乔治立刻拉住史林姆。“别急。”他叫了一声，然后两手举到嘴边大喊，“伦尼，揍他！”

伦尼两手立刻从脸上放下来，转头看看乔治，那一刹那，柯利立刻挥拳打他眼睛。伦尼那张大脸上全是血。乔治又大喊：“我叫你揍他。”

那一刹那，柯利拳头才挥到半空中，忽然被伦尼的巨掌抓住，整个人被提起来。才一转眼，柯利开始抽搐挣扎，有如一条被钓出水面的鱼。他的手整个埋在伦尼的巨掌中，根本看不见。乔治立刻冲过去，“伦尼，放开他。赶快放手。”

可是伦尼根本就吓傻了，一脸惊慌地看着那个被他提在手上拼命挣扎的小个子。伦尼脸上血流如注，一只眼睛被打破了皮，张不开了。乔治甩了他好几巴掌，一直打一直打，但伦尼还是紧抓着柯利的拳头不放。柯利脸上已经全无血色，一片惨白，整个人缩成一团，身体渐渐不动了。他拳头埋在伦尼的巨掌中，哀声惨叫。

乔治拼命大叫个不停，“放手，伦尼，放手。史林姆，赶快帮我，再下去这小子手要废了。”

这时候，伦尼忽然放手了，然后蹲到墙边整个人缩成一团。“是你叫我动手的，乔治。”他的声音好像快哭出来了。

柯利跌坐到地上，愣愣地看着自己那只扭曲变形的手。史林姆和卡尔森赶紧蹲到他旁边看看，然后，史林姆忽然站起来，一脸惊骇地看着伦尼。“我们得赶快送他去看医生。”他说，“看样子，他整只手的骨头全碎了。”

“我不是故意的。”伦尼哭喊着，“我不是故意要伤他。”

史林姆说：“卡尔森，你赶快去准备马车，我们得赶快带他到索莱达去给医生看看。”卡尔森立刻匆匆忙忙跑出去。史林姆转头看看低声啜泣的伦尼。“这不能怪你。”他说，“这臭小子自找的。不过——老天！我看他那只手是报废了。”说完，史林姆快步走出去，过了一会儿，他端了一杯水回来，凑到柯利嘴边。

乔治说：“史林姆，这下子我们恐怕要被炒鱿鱼了吧？怎么办，我们还没赚到钱。柯利他老头会不会马上把我们一脚踢出去？”

史林姆苦笑了一下，然后蹲到柯利旁边。“你现在还清醒吗？听得到我说话吗？”他问，柯利点点头。“嗯，那你给我听着。”史林姆又继续说，“我想，你的手应该是被机器轧碎的。只要你不把这件事张扬出去，我们也不会说。不过，要是你敢说出去，害他们被炒鱿鱼，那我就把你的丑事全抖出来，让你被全世界的人笑死。”

“我不会说。”柯利说。他不敢看伦尼。

外面传来马车轮嘎吱嘎吱的声音。史林姆把柯利扶起来。“走吧，卡尔森带你去看医生。”他扶着柯利走到门外去。没多久，车轮声渐渐远去。过了一会儿，史林姆又走回屋子里。伦尼还窝在墙边，一脸惊慌。他走到伦尼面前看着他。“手伸出来我看看。”他说。

伦尼乖乖把手伸出去。

“老天爷，希望哪天我不会惹到你。”史林姆说。

乔治忽然插嘴。“伦尼只是吓坏了。”他解释说，“他吓得不知道该怎么办。我告诉过你，千万不能跟伦尼打架。哦，不对，我是跟坎迪说的。”

坎迪煞有其事地点点头。“没错。”他说，“今天早上柯利进来找伦尼麻烦的时候，你就告诉过我，‘想活命的话，最好不要惹伦尼。’你就是这么说的。”

乔治转头看看伦尼。“这件事不怪你。”他说，“不用怕。这件事是我叫你做的，你只是乖乖听话而已。好啦，去厕所把脸洗干净。看起来像鬼一样。”

伦尼咧开他那肿胀的嘴唇笑了一下。“我不想惹麻烦。”他说。然后，他开始往门口走过去，但就在快到门口的时候，他忽然又跑回来，“乔治？”

“干吗？”

“乔治，你还肯让我养兔子吗？”

“那当然。你又没做错什么。”

“乔治，我不是故意要伤人的。”

“好了，快他妈的去洗脸。”

04

马房外面紧邻着一间小房子，那里是马具间。黑人马夫柯鲁克的床铺就在里面。那小房间的一面墙上有一扇四四方方的十字格窗，另一面墙上有一扇窄窄的木条板门。那扇门通往马房。柯鲁克的床铺是一口长长的木箱，里头塞满了干草，上面铺着毯子。窗户旁边的墙上有几根钉子，上面挂着修到一半的坏马轭，一条条的新皮革；窗户底下有一条长板凳，上面摆着修皮革的工具，比如弯刀、针、一团麻线，还有一具手操作的小型铆钉枪。另外，铁钉上还挂着破碎的马具：一具裂开的马轭，里头的马毛露出来，一条折断的颈轭，一条护皮裂开的缰链。柯鲁克床铺上头也钉着一口苹果箱，上面摆着一排药罐。有些是他自己吃的，有些是给马吃的。另外还有几罐洗马鞍用的肥皂，一罐柏油。黑黑的柏油沿着罐子往下流，一把刷子靠在罐口上。一些私人物品撒了满地。反正这里只有柯鲁克自己一个人，东西随便乱丢也没关系。由于他是马夫，又是跛脚，所以稳定性比其他的工人高，因此他的家当也就比别人多，多到一个人扛不动。

柯鲁克有好几双鞋子，一双长筒橡皮靴，一个大闹钟，一把单管霰弹枪。此外，他还有几本书。一本是破破烂烂的字典，一本是残缺不全的一九〇五年加州民法法典。床铺上方还有一个特别的架子，上面摆了几本翻烂了的旧杂志，还有几本黄色书刊。床铺上方墙上有一根钉子，上面挂着一副大大的金丝框眼镜。

房间打扫得很干净。柯鲁克生性孤傲，平常总是跟人保持距离，也不喜欢别人来打扰他。他因为脊椎弯曲，整个身体弯向左边，眼眶深陷，所以眼睛看起来特别有神。他脸颊消瘦，脸上布满黝黑的皱纹，嘴唇很薄，跟整张脸比起来，颜色显得比较淡。他总是紧抿着嘴唇，仿佛在忍痛。

星期六晚上，通往马房那扇门敞开着，门外传来哒哒的马蹄声，缰链的叮当声，还有窸窸窣窣的声音。听得出来马儿走来走去，嚼食草料。房间里有一盏小灯泡，散发出昏黄微弱的光。

柯鲁克坐在床上，衬衫后襟露在牛仔裤腰带外面。他一手拿着一瓶药油，另一手按摩背脊。有时候他会在粉红色的手掌上倒几滴药油，然后手伸进衬衫里继续按摩。他背部肌肉伸展的时候，身体在颤抖。

这时候，伦尼忽然无声无息出现在门口，朝房间里探头探脑。他那巨大宽阔的肩膀几乎把整扇门都挡住了。一开始柯鲁克没注意到他，过了一会儿，他眼睛往上翻，瞄见伦尼，立刻全身紧绷，脸色一沉，手立刻从衬衫里抽出来。

伦尼一个劲傻笑，一副想跟他交朋友的样子。

柯鲁克呵斥道："谁说你可以进我房间？这里是我的房间，除了我，谁都不准进来。"

伦尼忽然哽住了，但还是满脸堆笑拼命想讨好他。"我没有要干什么。"他说，"我只是来看看我的小狗，刚好看到你这边有灯光。"他解释说。

“嗯，我这边有没有灯光，关你什么事？你出去，不要进我房间。你们工寮那边不准我进去，我这边也不欢迎你。”

“为什么不准你进去？”伦尼问。

“因为我是黑鬼。他们在那边玩扑克牌，可是却不让我玩，因为我是黑鬼。他们说我很臭，哼，告诉你，我也觉得你们很臭。”

伦尼很紧张，举起他那双大手猛摇。“大家都到镇上去了。”他说，“史林姆、乔治，大伙儿都走了。乔治叫我乖乖待在这里，不准闯祸。我看到你这里有灯光。”

“哼，你要干吗？”

“没事——我只是看到你这里有灯光，想进来坐一下。”

柯鲁克盯着伦尼，手伸到后面把眼镜拿下来，戴到他淡红色的耳朵上，然后继续盯着伦尼。“我不知道你跑到马房来究竟想干什么。”他发牢骚说，“你又不是骡车夫，只不过是搬运工。搬运工跑到马房来干什么？你又不是骡车夫，跟马也扯不上关系。”

“小狗。”伦尼又说了一次，“我只是来看我的小狗。”

“呃，想看小狗就去看。反正别进我房间就对了，这里不欢迎你。”

伦尼忽然笑不出来了。他往前跨了一步，然后忽然想到什么，又退回门口。“我刚刚去看了一下。史林姆叫我不要一直摸它们。”

柯鲁克说：“你老是把它们从狗窝里抱出来，真奇怪那只母狗竟然没有把小狗带到别的地方去躲起来。”

“哦，她不在乎我摸小狗。”说着，伦尼又跨进房间里。

柯鲁克立刻皱起眉头，可是伦尼那张笑脸实在令人难以抗拒，他火气也慢慢消了。“那你就进来坐一下吧。”柯鲁克说，“既然你不肯走，一定要来烦我，那你就坐吧。”他口气变得比较和缓了，“那些家伙都到镇上去了是吗？”

“只有坎迪没去。他在工寮里削铅笔，一边削一边算。”

柯鲁克挪了一下眼镜，“算？坎迪在算什么？”

伦尼几乎是大喊着说：“算兔子。”

“你真是神经病。”柯鲁克说，“你脑子真的有问题。什么兔子？”

“我们以后要养兔子。我要负责喂它们，帮它们割草，喂它们喝水。还有一些有的没的。”

“真是神经病。”柯鲁克说，“难怪那些家伙不敢带你出门。”

伦尼正经八百地说：“我是说真的。我们真的要养兔子。我们要买一小块地，然后种田过日子。”

柯鲁克调整了一下坐姿。“坐下吧。”他对伦尼说，“你可以坐在那个钉子桶上。”

于是伦尼坐到那个小桶上，身体向前倾。“你以为我在骗你吗？”伦尼说，“我是说真的。每句话都是真的，不信你可以问乔治。”

柯鲁克伸出下巴托在手掌上，黝黑的下巴与粉红色的手掌形成鲜明的对比。“你是不是跟着乔治一起到处跑？”

“是啊。我和乔治走到哪里都在一起。”

柯鲁克继续说：“有时候他一直讲，可是你却根本听不懂他在说什么。是这样吗？”他忽然弯腰凑向前，用他那深邃的眼眸盯着伦尼，“是这样吗？”

“是啊……有时候。”

“他一直讲，可是你却根本听不懂他在说什么，对不对？”

“是啊……有时候。不过……也不一定都是那样。”

柯鲁克又凑向前，头伸到床外。“我不是南方黑人。”他说，“我是在加州出生长大的。我老爹开了一家养鸡场，大概有十亩地那么大。白人小孩常常会跑到我们养鸡场来玩，有时候我也会跟他们一起玩。有几个孩子人很好。可是我老爹不喜欢我跟他们一起玩。长久以来，我一直搞不懂他为什么不喜欢。现在我终于明白了。”说到这里他迟疑了一下，接着，他的口气渐渐和缓下来。“这一带方圆几公里的范围内没有别的黑人家庭，这座农场里也没有别的黑人。整个索莱达只有一家是黑人。”他笑了起来，“不管我说什么，他们都不当一回事，因为我是黑人。”

伦尼问：“你觉得小狗要多久才会长得够大，可以抱起来摸？”

柯鲁克又笑起来。“像你这种人还真令人放心，什么话都可以告诉你，因为你一定不会到处乱讲。再过几个礼拜你就可以玩那些小狗了。乔治头脑清楚得很，他说他的，反正你也听不懂。”说到这里，他忽然兴奋起来，身体凑向前，“我只是个黑鬼，一个穷光蛋黑鬼。黑鬼跟你说话，随便听听就算了，懂吗？反正你也记不住。我发现很多人都是这样——找个人说话，不管他听得懂听不懂。无所谓，根本无所谓。反正重要的就是找人说话，要不然，安安静静坐着不说话也没关系。反正都一样，没什么差别。”他越说越兴奋，不自觉地伸手敲自己的膝盖。“乔治会跟你说很多疯疯癫癫的事。至于说什么，那并不重要，反正就是说说话嘛，就是找人说话。如此而已。”说到这里他迟疑了一下。

接着，他的声音越来越轻柔，仿佛有种魔力：“要是乔治以后不回来了，要是他一个人跑了，从此一去不回，那你打算怎么办？”

伦尼开始注意到他在说什么话了。“你说什么？”他追问。

“我说，乔治今天晚上跑到镇上去了，万一他从此一去不回。”柯鲁克仿佛什么图谋得逞，又继续乘胜追击，“只是假如。”他又说了一次。

“他不会这样。”伦尼大喊，“乔治不会干这种事。我和乔治已经在一起很久了，晚上他一定会回来——”说归说，那种不安的感觉已经淹没了他，“他应该会回来的，不是吗？”

柯鲁克发觉自己折磨人的诡计得逞了，不禁面露得色。“人嘛，很难说的。”他不动声色地打量着伦尼，“说不定他想回来，可是却回不来了。说不定他被人杀了，或是受伤了，所以就回不来了。”

伦尼似乎拼命想听懂他在说什么。“乔治不会干那种事。”他又说了一次，“乔治很小心的，他不会受伤。他绝对不会受伤，因为他很小心。”

“我是说假如，要是他回不来了，你要怎么办？”

伦尼忽然皱起眉头，一脸焦虑。“我不知道。哼，你到底想干什么？”他大喊，“你胡说八道，乔治一定不会受伤的。”

柯鲁克不放过他：“想知道你以后会怎么样吗？他们会把你送去疯人院，用项圈把你拴起来，像拴狗一样。”

突然间，伦尼两眼发直，忽然不出声了。然而，他已经怒不可遏。他猛站起来气势汹汹地走向柯鲁克。“谁伤害乔治？”他逼问。

柯鲁克发觉苗头不对了。他往后一缩坐回床上，躲开伦尼。“我只是说假如。”他说，“乔治没受伤啊。他人好好的，他一定会平安无事地回来。”

伦尼巨大的身形笼罩在他面前。“你假设个什么？谁都不准假设乔治会受伤。”

柯鲁克连忙摘掉眼镜，用手指揉揉眼睛。“你先坐下。”他说，“乔治没有受伤。”

伦尼喉咙发出咆哮般的低吼，退后坐回钉桶上。“谁都不准说乔治会受伤。”他嘴里咕哝着。

柯鲁克轻声说：“现在你该知道了吧。乔治不会离开你。你一定知道他会回来的。想象一下，假如因为你是黑人，别人不准你到工寮去玩扑克牌，你知道那是什么滋味吗？假如你只能孤零零地一个人坐在这里看书，你知道那是什么滋味吗？没错，有时候是可以丢丢马蹄铁玩，可是天黑之后，我就只能看书了。可是，老是看书又有什么意思呢？人都需要伴——需要感觉有人陪在身边。”他的声音有点呜咽，“人没有伴是会发疯的。只要有人做伴就好，不管是谁都没关系。告诉你。”他忽然大喊，“告诉你，人太寂寞是会生病的。”

“乔治一定会回来的。”伦尼安慰自己，但他的声音却流露着恐惧，“说不定乔治已经回来了。也许我应该回工寮去看看。”

柯鲁克说：“我不是故意要吓你的。他当然会回来。我说的是我自己。夜里一个人孤零零地坐在这里，只能看书，或是想想事情什么的。有时候，想到一些事，可是却想不通那些事是什么道理。有时候，就算想通了，却还是无法判断是非对错。没有旁人可以请教，不知道别人是否也有同样的看法。他无法判断，因为没有东西可以当作判断的依据。有时候我会看到一些奇怪的东西，而且我并不是喝醉。不过，我不知道自己是不是睡着了在做梦。要是旁边有人陪着，他就可以告诉我，我是不是睡着了。这样我心里就踏实了。然而，我就是无法确定。”柯鲁克看着房间的另一头，看着窗户。

伦尼可怜兮兮地说：“乔治不会丢下我一个人跑掉。我知道乔治不会干那种事。”

黑人马夫忽然露出一种向往的表情，继续说：“我还记得，小时候我老爹开了一家养鸡场。我有两个哥哥，他们跟我很亲近，总是陪在我身边。从前我们曾经睡同一个房间，睡同一张床——我们三个。我们家有一片草莓园，一片苜蓿园。每逢阳光普照的好天气，早上我们都会把鸡放到苜蓿园里，我哥哥会坐在篱笆的栏杆上看着它们——那群白鸡。”

柯鲁克说的话，伦尼渐渐听出兴趣来了。“乔治说我们也会有一座苜蓿园，用来养兔子。”

“什么兔子？”

“我们要养兔子，还要种草莓。”

“你发神经啊。”

“是真的，我们真的要养。不信你问乔治。”

“你们真是疯了。”柯鲁克嗤之以鼻地说，“我看过成千上万的人背着铺盖卷沿路流浪，跑到牧场来打工。每个人脑袋瓜里都有同样的念头。成千上万的人来来去去，每个人脑子里都在梦想有一小块地，但他妈的就是没半个人真弄得到。每个人满脑子都在梦想有一小块地，但那就像遥不可及的天堂。我在书里看到过很多。从来没有人到得了天堂，没有人真正得到那一小块地，永远都是在白日做梦。他们整天把梦想挂在嘴上，可那永远都只是梦想。”说到这里，他忽然停下来看看门口，因为他听到马儿骚动个不停，缰链叮当作响。有匹马呼哧呼哧喷着鼻息。“好像有人进来了。”柯鲁克说，“可能是史林姆。有时候，史林姆一天晚上会进来两三趟。史林姆不愧是领头骡车夫，照顾马很用心。”说着，他吃力地站起来，朝门口走过去。“史林姆，是你吗？”他喊了一声。

没想到回答的人是坎迪。“史林姆到镇上去了。对了，你有没有看到伦尼？”

“你是说那大个子？”

“是啊。看到他了吗？”

“他在这儿。”柯鲁克立刻回了一句，然后走回床上躺下来。

坎迪站在门口搔搔自己光秃秃的手腕残肢。光线太刺眼，他眯起眼睛打量着房间里面，却没有打算要进门。“伦尼，告诉你，我已经算出来要养几只兔子了。”

柯鲁克不耐烦地说：“想进来就进来吧。”

坎迪似乎有点不好意思，“可以吗？如果你说可以，那我就进来了。”

“进来吧。反正谁都可以进来，你为什么不可以？”柯鲁克拼命想装出不高兴的样子，可惜一眼就看得出来他很高兴。

坎迪跨进门，可是还是一副很不好意思的样子。“你这小房间还挺舒服的。”他对柯鲁克说，“自己一个人住一间，感觉一定挺不错。”

“那还用说。”柯鲁克说，“窗户外面就是一堆马粪，真是棒极了，不是吗？”

伦尼忽然插嘴说："你刚刚说兔子怎么样？"

坎迪搔着手腕，靠到墙上，旁边正好挂着那条破破烂烂的马轭。"我已经在这里待很久了。"他说，"柯鲁克也在这里很久了。这是我第一次进他房间。"

柯鲁克冷冷地说："黑人的房间很少有人会进来。除了史林姆，没人进来过。除了史林姆和老板。"

坎迪立刻换了个话题，"史林姆是我见过最棒的领头骡车夫。"

伦尼弯腰凑近坎迪。"你刚刚说兔子怎么样？"他不厌其烦地继续追问。

坎迪淡淡一笑，"我已经算出来了。要是养得好，那些兔子可以赚点钱。"

"可是一定要我来喂。"伦尼忽然插嘴，"乔治说兔子要让我来喂。他答应过的。"

柯鲁克忽然很不客气地插嘴说："你们几个是在白日做梦吗？你们他妈的尽管说吧，只可惜你们永远弄不到那块地。你就准备一辈子在这边打扫吧，直到有一天他们把你装在箱子里抬出去。他妈的，来来去去的人我看太多了。再过两三个礼拜，这个伦尼就会拍拍屁股走人了。好像每个人满脑子都在梦想一块地。”

坎迪很不高兴地搓着下巴，“好，你他妈说得没错，不过我们是真要干了。乔治说我们真要干了。我们现在就有钱了。”

“是吗？”柯鲁克说，“那乔治现在人在哪儿？他在镇上，泡在妓院里。你们的钱都花在那儿啦。他妈的，这种事我见多了。每个人都在梦想有块地，我见多了。只可惜，我没见过有谁真的弄到地。”

坎迪大叫起来：“谁不想有一小块自己的地？每个人都想有一小块地。不必多大，只要是自己的就好。好歹可以靠那块地过活，不会被人一脚踢开。这个州的每个农场我几乎都待过，他妈的每个人的地我几乎都种过，可是种的东西不是我自己的。我从来没有自己的地。收成的东西都不是我的。不过你等着瞧吧，这次我们要真干了。没错，乔治是到镇上去了没错，可是他并没有带钱。钱在银行里。那是我的钱，伦尼的钱，乔治的钱。以后我们都会有自己的房间。我们会养狗，养兔子，养鸡。我们会种出绿油油的玉米，说不定还会养头乳牛，养只山羊。”说到这里他忽然停住了，仿佛陶醉在未来的美景中。

柯鲁克问：“你说你们已经有钱了？”

“没错。钱差不多够了。只差一点点了。再过不到一个月，钱就够了。乔治早就看上了一块地。”

柯鲁克手伸到背后摸摸脊椎。“我从来没见过有人真的干。”他说，“我看过很多人想土地想得快疯了，可是只要一进了妓院，或是一上了赌桌，钱就没了。”说到这里他迟疑了一下，“……不过，要是你们……要是你们需要人手，只要有的吃有的住，我愿意帮忙，不要工钱。我虽然身体不太方便，不过还没有不方便到什么事都做不了。”

“嘿，你们有没有看到柯利？”

他们立刻转头看向门口，看到柯利的太太站在那里朝房间里探头探脑，脸上浓妆艳抹，嘴唇微张，气喘吁吁，仿佛刚刚她是跑过来的。

“柯利不在这里。”坎迪有点不客气了。

她站在门口一动也不动，面带微笑看着他们，用拇指和食指搓揉另一手的指甲。她逐一打量他们三个人的脸。“看样子，留下来的都是老弱残兵。”她终于开口说，“他们以为我不知道他们跑到哪里去了吗？我很清楚他们去哪里了。就连柯利也去了。”

伦尼如痴如醉地盯着她，可是坎迪和柯鲁克都一脸阴沉，撇开头不看她的眼睛。

坎迪说：“既然你知道，那你为什么还来问我们柯利在哪里？”

她用一种戏谑的眼神看着他们。“很奇怪。”她说，“每次凑巧碰上某个人，不管是谁，如果他是自己一个人，那我都会和他聊得很愉快。可是每次碰到两个人在一起，你们就不肯说话了，甚至还会生气。”她放下手摆在屁股上，“你们大家都是互相怕来怕去，就这么回事。你们都怕别人会说你闲话。”

柯鲁克迟疑了一下，然后说：“我想你还是赶快回家去好了。我们不想惹上麻烦。”

“呃，我并没有害你们惹上什么麻烦啊。有时候我难免也会想找个人聊聊，难道不对吗？谁喜欢一天到晚窝在屋子里呢？”

坎迪把手腕摆在膝盖上，用另一只手轻轻搓揉。他用一种谴责的口气说：“别忘了你是有丈夫的人。你怎么可以到处找男人厮混，惹是非呢？”

柯利的太太发火了：“我是有丈夫没错，你们也都知道他是什么样的人。傲慢得要命，对吧？一天到晚说什么他看谁不顺眼，想怎么对付他。他看谁都不顺眼。整天待在那间鸟笼一样的小房子里，整天听柯利胡吹大气，说什么先一记左勾拳，然后再一记右勾拳就打倒对手。你们以为我喜欢这样吗？‘一——二，’整天听他嚷嚷着，‘左开弓，右开弓，他就倒啦。’”说到这里她停了一下，脸上的怒气渐渐消失了，变成一种兴致盎然的表情，“对了——柯利的手是怎么回事？”

大家忽然不吭声了，气氛有点尴尬。坎迪偷瞄了伦尼一眼，然后咳了一声：“呃，太太……柯利……柯利的手被机器夹到。被夹烂了。”

她盯着坎迪，盯了好一会儿，然后忽然大笑起来：“胡扯！你们当我是三岁小孩子啊？一定是柯利找人打架，结果却被人撂倒了。什么手被机器夹到——鬼扯淡！嘿，自从手烂掉之后，他就再也没有使出拿手的左右开弓了。是谁整倒他的？”

坎迪一脸不高兴地又说了一次：“他的手是被机器夹到的。”

“好吧好吧。”她一脸不屑地说，“你爱怎么说都行，想替他遮掩随你高兴。我根本不在乎。你们这些流浪汉自以为了不起。你们以为我是谁？三岁小孩吗？告诉你，我本来有机会上台表演，而且还不止一次。甚至还有人告诉我，他要介绍我去拍电影……”她气喘吁吁，口气愤愤不平，“——礼拜六晚上，大家都出去找乐子。每个人都去了！我在干什么？站在这里跟你们这些流浪汉鬼扯——一个是黑鬼，一个是白痴，还有一个臭老头——不过也算不错啦，因为我也找不到别人了。”

伦尼一直盯着她，嘴巴张得大大的。柯鲁克又恢复了黑人那种自我防卫的趾高气扬。不过坎迪却变得有点不一样了。他猛然站起来，转身用力敲了一下他刚刚坐的那个钉桶。“我受够了。”他气呼呼地说，“这里没人欢迎你。早就告诉过你了，这里不欢迎你。还有，告诉你，你狗眼看人低，瞧不起我们这样的人。你那个猪脑袋里没长脑子，竟然说我们是流浪汉。你可能会害我们被炒鱿鱼。要是我们真的被炒鱿鱼，你大概认为我会卷起铺盖上路，再去找一份不三不四的工作。告诉你，我们已经有自己的农场，有自己的家了。我们不需要再窝在这里了。我们有自己的房子，我们要养鸡，种水果，那里比这里漂亮一百倍。从前我们也许会被他炒鱿鱼，可是现在，我们已经不怕了。我们已经有自己的地了，那是我们的。我们再也不会无家可归。”

柯利太太嘲笑他说：“胡扯。”她说：“你们这种人我见多了。只要身上有个两毛钱，嘿嘿，你们就会去买醉，喝到杯底半滴酒也不剩。我太了解你们这种人了。”

坎迪的脸越涨越红，但他很快就按捺住脾气。她还在说话。他必须控制眼前的场面。“我大概听说过。”他口气很温和，“不过，我看你还是赶快回家去玩你的家家酒吧。我们跟你没什么好说的。未来有什么前途，我们自己知道就好，你爱怎么想就怎么想，随便你。我看你还是赶快滚吧，因为柯利可能不喜欢看到自己的老婆在马房里跟我们这种流浪汉鬼混。”

她逐一打量他们的脸，他们逐渐朝她靠过去。她盯着伦尼看了最久，看得他很不好意思地低下头。她突然说：“你脸上那些瘀青是怎么搞的？”

伦尼抬起头，一副很惭愧的样子，“谁——你是说我吗？”

“没错，就是你。”

伦尼用求助的眼神看看坎迪，然后又低头看着自己的大腿。“他的手被机器夹到了。”他说。

柯利太太大笑起来：“好吧，机器。我待会儿再找你聊。我喜欢机器。”

坎迪忽然插嘴说：“你别来烦他。不准来找他麻烦。我会告诉乔治你刚刚说了什么话。乔治不会让你来骚扰伦尼。”

“乔治是谁？”她问，“是那个跟你一起来的小个子吗？”

伦尼露出灿烂的微笑。“就是他。”他说，“就是他。他要让我养兔子。”

“呃，高兴就好。我说不定也会养几只兔子。”

柯鲁克忽然从床上站起来面向她。“我受够了。”他冷冷说，“你凭什么跑到黑人的房间来？谁说你可以进来这边胡闹？你滚出去，越快越好。要是你还不走，我就要去找老板，请他禁止你以后再到马房来。”

她转过来看着他，一脸不屑。“你给我听着，黑鬼。”她说，“你最好赶快闭上你的鸟嘴，否则，你知道我会怎么对付你吗？”

柯鲁克无奈地看着她，然后乖乖坐回床上，整个人缩成一团。

柯鲁克整个人仿佛突然缩小了，靠到墙上。“知道了，太太。”

“哼，死黑鬼，你最好给我识相点。假如我要叫人把你吊死在树上，那真是简单得会令人觉得无聊。”

柯鲁克越缩越紧，整个人小到几乎快要看不见了。他仿佛突然不再有个性，突然失去了自我——再也激不起任何的爱恨喜怒。他说：“知道了，太太。”他的声音死气沉沉。

她在他面前站了好一会儿，仿佛只要他再动一下，她就要修理他了。但柯鲁克坐在那边动也不动，撇开视线，所有的痛苦都藏到心里。接着，她又转身面向坎迪和伦尼。

坎迪盯着她，显得有点失魂落魄。“要是你敢做这种事，我们一定会揭发你。”他轻声说，“我们会告诉大家，是你陷害柯鲁克。”

“去死吧，随你怎么说。”她大叫起来，“谁会相信你？你自己心里有数。没半个人会相信你。”

坎迪忽然畏缩起来。“没有……”他自己也承认了，“确实没人会相信我们。”

伦尼哭丧着脸说：“要是乔治在这里就好了，要是乔治在这里就好了。”

坎迪走到他旁边。“不用怕。”他说，“我刚刚好像听到他们进来了。乔治现在一定已经在工寮里了。”说着，他转过去看着柯利太太。“我看你还是赶快回去吧。”他轻声说，“你现在走，我们就不告诉柯利你跑来这里。”

她冷冷地打量他，“你真的有听到什么吗？”

“你要碰运气吗？”他说，“要是你没把握，那我劝你还是赶快走比较保险。”

她转身看着伦尼：“我很高兴柯利被你修理了一顿。他终于遭报应了。有时候我自己都忍不住想修理他。”她一溜烟跑出门口，消失在黑漆漆的马房里。她经过马房的时候，缰链忽然叮当响起来，有些马呼哧呼哧喷着鼻息，另外几匹则是跺了跺脚。

这时候，柯鲁克似乎没有刚刚那么畏缩了。“你刚刚说他们回来了，是真的吗？”他问。

“真的。我听到他们的声音了。”

“哦，可是我什么都没听到。”

“我听到农场大门砰的一声。”坎迪说，“老天，柯利他老婆走路都没声音的。她大概常常在练习吧。”

柯鲁克根本不想再提到她了。“我看你们还是走吧。”他说，“现在我不太希望你们待在这里了。也许黑人并不怎么在乎自主权，但总也该有点自主权吧。”

坎迪说：“那贱货实在不应该对你说那种话。”

“没什么大不了。”柯鲁克神情木然地说，“刚刚你们进来坐坐，我不知怎么就忘了自己是个黑人。结果她一来，我又想起来了。她说得没错。”

马房里传来马儿喷鼻息的呼哧声，缰链的叮当声，接着有人喊了一声：“伦尼，喂，伦尼，你在马房吗？”

“是乔治。”伦尼大叫了一声，然后立刻回答说，“乔治，我在这里。就在这里。”

乔治立刻出现在房间门口朝里面看，露出一种不以为然的表情，“你们在柯鲁克房间干吗？这里不是你们该来的地方。”

柯鲁克点点头，“早告诉过他们了，可是他们就是要进来。”

“嗯，那你为什么不把他们踢出去？”

“我是觉得没关系啦。”柯鲁克说，“伦尼人还不错。”

这时候坎迪站了起来，“哦，乔治！我一直算一直算，终于算出我们养兔子可以赚多少钱了。”

乔治脸色一沉，“我不是交代过你们不要告诉别人吗？”

坎迪一脸羞愧，“我们只告诉柯鲁克，没别人了。”

乔治说：“好了，你们两个还不走。老天，好像我才离开一下就会出事。”

坎迪和伦尼站起来朝门口走过去。柯鲁克忽然喊了一声：“坎迪！”

“怎么了？”

“我刚刚跟你说的那件事还记得吗？除草打杂什么的。”

“记得。”坎迪说，“当然记得。”

“呃，我看那件事就算了。”柯鲁克说，“我只是随便说说。说着玩的。那种地方我没什么兴趣。”

“呃，好吧，看你自己了。晚安。”

三个人走出房门，穿过马房，马儿又起了一阵骚动，呼哧呼哧喷着鼻息，缰链叮当作响。

柯鲁克坐在床上，好一会儿眼睛一直盯着门口。接着，他伸手去拿药油灌。拉起背后衬衫的衣尾，倒了一点药油在粉红色的手掌心，然后手伸到背后，慢慢按摩背脊。

05

大马房一头有高高的一堆刚采收的干草，上方挂着一组滑轮，滑轮底下吊着一把杰克逊牌四齿干草叉。那堆干草有如一片山坡，斜斜绵延到马房另一头。不过还是有一小块地面没有堆干草。马房侧边的草料架还露在干草堆外面，架子木板条的缝隙间隐约看得到马头。

星期天下午。马儿都在休息。草料架上的干草只剩一点点了，它们一边嚼食干草，一边用脚蹄蹬着地面，偶尔也会去咬马槽的木头，身上的缰链叮当作响。午后的阳光从马房墙板的缝隙间穿透进来，在干草上映照出一道道耀眼的光。苍蝇在半空中嗡嗡盘旋。这是慵懒的午后特有的旋律。

马房外一片嘈杂。马蹄铁撞击铁柱叮当作响，还有人声喧哗。有人在替自己喝彩，有人在帮人打气，也有人在嘲笑。而马房里一片寂静，只听得到苍蝇嗡嗡的旋律。慵懒的午后，暖洋洋的午后。

马房里只有伦尼一个人。马房最里面有一小片地没有堆满干草，那边有一座马槽。他坐在马槽底下的干草堆里，旁边有一口装货用的木箱。伦尼坐在干草堆上，眼睛盯着前面地上那只死去的小狗。他就这么愣愣坐在那边看了好久，然后伸出他那只大手摸摸小狗，从头摸到尾。

他轻声细语地对小狗说："你怎么会死掉呢？你并不像老鼠那么小啊。我并没有用力摸你呀。"他托起小狗的头，看看它的脸，然后对它说："要是乔治发现你死掉了，一定不让我养兔子了。"

他在地上挖了一个小坑，然后把小狗放进去，用干草盖起来以免被人看到。然而，他却还是愣愣地盯着那个小土堆。他说："这件事应该没那么严重，还不需要跑到矮树丛里躲起来。哦，不会，没那么严重。我可以告诉乔治，我看到小狗的时候，它已经死了。”

于是他又把小狗挖出来仔细打量，摸摸它，从头摸到尾巴。然后他又很哀伤地继续说：“可是他一定会知道是怎么回事。乔治什么都知道。他一定会说：‘我知道那一定是你干的。别想骗我。’他一定会说：‘做了这种事，我不让你养兔子了！’”

然后他忽然发起脾气来。“他妈的。”他大叫，“你为什么一定要死。你又不像老鼠那么小。”他拎起小狗，用力扔得远远的，然后转身背对小狗的方向，弯腰趴在膝盖上，嘴里嘀咕着：“现在他一定不让我养兔子了。他一定不让我养兔子了。”他前后摇晃着身体，心里很难过。

屋外传来马蹄铁撞击铁柱的叮当声，接着是一阵叫嚷喧哗。伦尼站起来，把死去的小狗捡回来放到干草堆上，然后坐下来继续摸那只小狗。“你还不够大。”他说，“他们告诉过我好几次，你还不够大。我不知道你这么容易就死掉。”他轻轻捏了一下小狗松软下垂的耳朵。“说不定乔治不会怪我。”他说，“说不定乔治不会在乎这他妈的小王八蛋。”

这时候，柯利的老婆忽然从最后一间马厩冒出来。她脚步很轻，伦尼根本没注意到她。她穿着那件鲜艳的棉布洋装，还有那双红鸵鸟羽毛的拖鞋。她脸上化了妆，一条条的卷发垂下来，仿佛一根根的小腊肠。她靠得很近的时候，伦尼忽然抬起头，这才看到她。

他一阵惊慌，赶紧拉起一把干草盖到小狗身上，然后一脸阴沉地瞪着她。

她说：“嘿，小伙子，你偷藏了什么东西呀？”

伦尼瞪着她：“乔治叫我不要招惹你——不要跟你讲话。什么都不要。”

她笑起来：“你不管干什么都要听乔治的吩咐吗？”

伦尼低头看着那堆干草，“他说要是我再跟你讲话或什么的，他就不让我养兔子了。”

她轻声说：“他是怕柯利会生气。不过，柯利一只手已经废了——呃，要是柯利敢再发狠，你可以把他另外一只手也抓烂。说什么他的手是被机器轧坏的，你以为我会相信这种鬼话吗？”

不过伦尼还是不理睬她。“不行，小姐，我不可以跟你说话。什么都不可以。”

她跪到他旁边的干草上。“听我说。”她说，“现在那些家伙都在外面玩丢马蹄铁，而且现在才下午四点，他们还会再玩一阵子，不会有人过来。那我们就来聊聊天嘛，我一直都找不到人讲话。我好寂寞。”

伦尼说：“可是我不可以跟你讲话。什么都不可以。”

“我好寂寞。”她说，“你可以跟很多人讲话，可是我却只能跟柯利讲话。要是我跟别人讲话，他会很生气。你知道找不到人说话的滋味有多难过吗？”

伦尼说：“可是我不可以跟你讲话。乔治怕我会闯祸。”

她立刻换了个话题：“你这里到底藏了什么东西？”

她这么一问，立刻挑起了伦尼的伤心事。“没什么，我的小狗。”他伤心地说，“只是我的小狗。”说着他拨开上面的干草。

“哎哟，它死掉了。”她惊叫了一声。

“它太小了。”伦尼说，“我只是摸摸它玩……可是我觉得它好像要咬我……我就举起手来假装要拍它……结果……结果我真的拍了它一下。然后它就死掉了。”

她安慰他说：“不用担心。只不过是只小狗，你很容易就可以找到另外一只。小狗到处都有。”

“我不是担心那个。”伦尼可怜兮兮地说，“我担心的是乔治不让我养兔子了。”

“为什么不让你养？”

“因为他说要是我再做了什么坏事，就不让我养兔子了。”

她凑近他，然后安慰他说：“你可以放心跟我讲，没关系。你听到外面那些家伙在嚷嚷吗？他们在丢马蹄铁赌钱，赌四块钱。所以，比赛没结束，没有人会走开。”

“万一乔治看到我跟你讲话，他一定会骂死我。”伦尼战战兢兢地说，“他交代过我。”

她脸上露出怒色。“我有那么可怕吗？”她大喊，“难道我连跟人讲话的权利都没有吗？把我当成什么？你是好人，那我不懂为什么不可以跟你说话？我又不会伤害你。”

“因为乔治说你会害我们惹上麻烦。”

“哼，神经病！”她说，“我会把你怎么样吗？好像没半个人在乎我过的是什么日子。告诉你，从前我可不是这样过日子的。我本来是有机会出人头地的。”她的口气很辛酸，“说不定以后还有机会。”说到这里，她忽然越说越快，仿佛很怕没人听她讲话，急着想把话说完。“我本来住在萨利纳斯。”她说，“小时候搬过去的。有一天，有个剧团到镇上来表演，我认识了其中一个演员。他说我可以跟他们剧团一起走。可是我老妈不肯让我走。她说因为我才十五岁，可是那个人说没关系。假如当初跟他们走了，我过的绝对不会是现在这种日子。”

伦尼不停地摸那只小狗。“我们很快就会有一块地——而且还要养兔子。”他解释说。

但她还是继续诉说自己的往事，速度很快，以免伦尼又插嘴。“后来又有一次，我认识了一个家伙，他是电影圈的人。我跟他一起到河畔舞厅去跳舞。他说他可以介绍我去拍电影，还说我天生就是拍电影的料。他说，等他一回到好莱坞就会写信给我，谈谈拍电影的事。”说到这里，她紧盯着伦尼，看他有没有认真在听。“可是后来我一直没收到信。”她说，“我一直认为是老妈把信藏起来了。哼，我再不想窝在这种小地方，不但没机会出人头地，连信都会被藏起来。我问老妈是不是她把信偷走了，她说没有。后来我就嫁给柯利了。我就是那天在河畔舞厅认识他的。”说到这里，她忽然盘问伦尼：“你有在听吗？”

“我？有啊。”

“嗯，有件事我从没告诉过任何人。也许我不应该说。我不喜欢柯利。他不是好人。”因为现在说的是心里的话，所以她凑近伦尼，坐到他旁边。“我本来可以去拍电影的，可以穿很漂亮的衣服——就像电影明星穿的那种漂亮衣服。我可以上豪华大饭店，让人家拍片。等电影试映的时候，我会亲自到场，而且还会上电台接受访问。这些都不需要花半毛钱，因为我就是电影明星。我会穿很漂亮的衣服。他们都说我天生就是拍电影的料。”她抬头看看伦尼，然后举起手臂伸展手掌，摆了一个夸张的小动作，表示她会演戏。她手指随着手腕转动，小指还很夸张地翘起来。

伦尼深深叹了口气。屋外传来马蹄铁叮当一声，然后众人扬起一阵喝彩欢呼。“有人投中了。”柯利的老婆说。

太阳渐渐西斜，阳光投射的角度越来越高，逐渐照上墙头，照上草料架，照上马头。

伦尼说：“要是我把这只小狗抱到外面去丢掉，乔治就不会发现，这样我就可以养兔子了。”

柯利的老婆气呼呼地说："你满脑子只知道兔子吗？"

"我们会有一小块地。"伦尼很有耐心地解释，"我会盖一栋小房子，有花园、苜蓿田。苜蓿是给兔子吃的。我会装满一整袋的苜蓿，然后拿去喂兔子。"

她问："你为什么会这么着迷兔子呢？"

伦尼仔细想了老半天，好不容易才想出个道理来。他小心翼翼地凑近她，靠到她旁边，"我喜欢摸可爱的东西。有一次去市集，我看到一只长毛兔。好可爱。有时候，如果手上没有更可爱的东西，我也会摸摸老鼠。"

柯利的老婆忽然退开半步。"你是神经病吗？"她问。

"不是。"伦尼迫不及待地解释，"乔治说我不是神经病。我只是喜欢用手摸可爱的东西，软软的东西。"

她似乎放心点了。"嗯，谁不喜欢呢？"她说，"大家都喜欢摸可爱的东西。像我就很喜欢摸丝绸和天鹅绒。你喜欢摸天鹅绒吗？"

伦尼咯咯笑得很开心。"当然喜欢！"他很高兴地大喊，"而且我自己就有天鹅绒。有一位太太送我的——那位太太是——是我姑妈克莱拉。就是她送我的——好大一块。好可惜那块天鹅绒现在没带在身上。”说到这里他忽然皱起眉头。“被我弄丢了。”他说，“我已经好久没看到了。”

柯利的老婆嘲笑他说：“你真是个神经病。”她说，“不过你人还蛮好的，像个大孩子一样。不过我大概懂你的意思。梳头的时候，我偶尔会不自觉地摸摸头发，因为摸起来好柔软。”她伸手摸摸头顶，示范摸头发的动作。“有人的头发又粗又硬。”她扬扬得意地说，“比如说柯利。他的头发硬得像铁丝，不过我的头发就又软又细。不过当然啦，因为我常常在梳头发嘛。头发多梳就会细。这里——来，你摸摸这里。”她抓起伦尼的手摆在头顶上，“摸摸这里，你看，是不是很软？”

伦尼的大手开始摸她的头发。

“嘿，别把我的头发弄乱了。”她说。

伦尼说：“哇！好软。”于是他摸得更用力了，“哇，真的好软。”

“嘿，小心点，你会把我的头发弄乱。”接着她开始很生气地大叫起来，“你放开，头发都被你弄乱了。”她头歪向一边想挣脱，可是伦尼忽然一把抓住她的头发不放手。“你放手。”她大叫，“你放手！”

伦尼开始惊慌了，表情忽然狰狞起来。她开始尖叫，伦尼立刻伸出另一只手掩住她的嘴和鼻子。“拜托你不要叫。”他哀求她，“哦！求求你不要叫。乔治会生气的。”

她拼命想挣脱他的手，两脚猛踹地上的干草，全身拼命挣扎扭动。她的口鼻被伦尼的巨掌掩住，惨叫声被闷住了。伦尼开始害怕得大叫：“哦，求求你不要叫了。”他哀求说：“乔治一定会说我又做坏事。他一定不让我养兔子了。”他的巨掌动了一下，凄厉的惨叫声忽然从他指缝间冒出来。这时候伦尼更生气了。“不要再叫了。”他大喊，“不要再叫了。你会害我惹上麻烦的。乔治早就说过，你早晚会害我惹上麻烦的。不要再叫了。”但她继续拼命挣扎，眼中露出极度惊恐的神色。他发怒了，抓住她的身体猛烈摇晃。“你不要再叫了。”他又叫了一声，继续猛摇她的身体。她全身像鱼一样翻腾扭滚。接着，她忽然不动了。她的脖子被伦尼扭断了。

他低头看看她，巨掌小心翼翼从她嘴上挪开。她躺在地上一动也不动。“我没有要伤害你。”他说，“可是你一直叫，乔治会生气。”她没吭声，躺在地上一动也不动。于是他弯腰凑向她，把她的手拉起来，然后又放掉。他一脸茫然，愣了好一会儿，然后开始害怕起来，自言自语说："我又闯祸了。我又闯祸了。"

他抓起一把干草盖在她尸体上，遮住了一部分。

马房外又传来一阵喝彩，还有马蹄铁叮当两声。这时候，伦尼才开始意识到外面的动静。他蹲下去藏在干草堆里，竖起耳朵仔细听。"我真的闯大祸了。"他说，"我太不应该了。乔治一定会气死。呃……他说……万一我闯了祸，就去躲在矮树丛里，等他来找我。他一定会很生气。躲到矮树丛里，等他来找我。他就是这么说的。"接着，伦尼又走回去看看那个死去的年轻女孩。那只小狗就在她尸体旁边。伦尼把小狗抱起来。"我要把它丢掉。"他说，"小狗死掉就已经够糟糕了。"他把小狗塞进外套里，蹑手蹑脚走到马房墙边，从木板的隙缝偷看外面，看看那些在玩马蹄铁的人。接着，他蹑手蹑脚走进最后一座马槽，然后人就不见了。

夕阳余晖照在高高的墙上，马房里，光线渐渐昏暗。柯利的老婆仰面躺在地上，身体有一半被干草遮住了。

马房里万籁俱寂，午后的农场也是一片沉寂，就连马蹄铁的叮当声，工人的喝彩喧哗，仿佛也逐渐变得沉寂。外头的天色依旧明亮，但马房却已经笼罩在暮色里。一只鸽子从门口飞进来，盘旋了一圈然后又飞出去。接着，一条母牧羊犬从最后一座马槽里冒出来。它的身体纤细修长，乳房下垂。它朝着那口装货木箱走过去，走到一半，来到那只死小狗刚刚躺的位置，它忽然闻到柯利太太尸体的气息，背脊的毛立刻竖起来。它哀嚎了一声，然后畏畏缩缩走到木箱旁边，跳进去，守着那窝小狗。

柯利太太的尸体有一半盖在黄黄的干草底下。原先，她脸上总是充满了怨毒、心机、不满，引人注意的渴望，而此刻，那一切忽然都消失了。她看起来是那么清丽纯真，那么年轻，那么甜美。她脸上薄施脂粉，嘴唇红艳，看起来栩栩如生，仿佛睡得很安详，嘴唇微张，腊肠般卷曲的头发散落在头后方的干草上。

有时候会出现这种现象：感觉时间仿佛静止了，那短暂的片刻盘桓不去，一直延续。声音停住了，动作静止了，保持原状持续下去，仿佛永无休止。

接着，时间仿佛苏醒了，又渐渐开始缓缓流动。草料架后面，马儿蹬着脚蹄，缰链叮当作响。马房外，嘈杂的人声越来越响亮，越来越清晰。

这时候，最后一座马槽里传来坎迪的声音。“伦尼。”他大喊着，“喂，伦尼！你在里面吗？我又算出很多数字了。伦尼，你知道我们可以怎么样吗？”接着，坎迪从最后一座马槽里冒出来。“喂，伦尼！”他又喊了一声，然后忽然愣住了，浑身僵直。他举起光滑的手腕摸摸脸上的白胡子。“你怎么会在这里？”他问柯利的老婆。

她没有吭声，于是他又靠近了几步。“你怎么会睡在这里呢？”他很不以为然地说。接着，他走到她旁边了，接着——“哦，老天！”他不知所措地转头看看四周，猛搓胡子，然后忽然跳起来冲出马房。

而此刻，马房里洋溢着生气。马儿蹬着脚蹄，呼哧呼哧喷着鼻息，低头咬啮铺在地上的麦秆，头上的缰链叮当作响。过一会儿，坎迪进来了，乔治跟在他后面。

乔治问：“你到底要我看什么？”

坎迪伸手指向柯利的老婆。乔治盯着她。“她怎么了？”他问。接着，他一步步靠近她，然后忽然像坎迪一样大喊了一声："哦，老天！"他立刻跪到她旁边，伸手摸她的心脏。后来，他终于慢慢站起来，动作僵硬，脸色铁青，眼神凝重。

坎迪问："她是怎么死的？"

乔治冷冷地看着他。"你还没想通吗？"他问了一句。接着，坎迪忽然不出声了。乔治茫然无助地说："我好像一直有预感会出事。"

坎迪问："怎么办？乔治，现在怎么办？"

乔治想了很久才说："我想……我们要告诉……告诉大家。我想，我们要赶快找到他，把他关起来。不能让他逃走，那可怜虫会饿死。"接着，他拼命想安慰自己，"说不定他们只会把他关起来，不会虐待他。"

可是坎迪忽然很激动地说："我们一定要让他逃走。你不了解柯利那个人。柯利一定会私设刑堂杀了他。"

乔治愣愣地看着坎迪的嘴。"没错。"最后他终于说。"你说得没错。柯利一定会杀了他。大伙儿会杀了他。"他又看看柯利的老婆。

这时坎迪说话了。他说出了内心最深的恐惧："你还要跟我去买那块地吗，乔治？我们还要买吗？你和我还是可以到那边去过好日子，对不对，乔治？”

乔治都还没开口回答，坎迪忽然低头盯着地上的干草。他心里有数了。

乔治慢慢地说：“——我想，其实我一开始就明白，我们是永远办不到的。刚开始只是因为他很喜欢听我讲，后来，我自己也渐渐以为真的办得到。”

“这么说——没指望了？”坎迪闷闷不乐地问。

乔治没有回答坎迪的问题。他只是说：“以后干完一个月的活，我会拿着我的五十块到镇上去，找间烂妓院混一整晚。不然就是找间台球室打发时间，混到所有的人都走光为止。然后再回来干一个月的活，再赚个五十块。”

坎迪说：“他人那么好，真想不到他会干出那种事。”

乔治盯着柯利的老婆。“伦尼永远不会恶意伤人。”他说，“他老是闯祸，可是他从来没有恶意。”说着，他忽然挺直身体转头看看坎迪。“对了，你听着，我们得告诉大家。我想，大家一定会把他抓回来。恐怕是免不了了。只能指望他们不要伤害他。”说到这里，他口气忽然严厉起来，“我绝对不让任何人伤害伦尼。对了，你听着，外面那些人可能会以为我也有份。我现在先回工寮去。然后，等个一分钟，你就去告诉他们她出事了。然后我再跟他们一起来，假装不知道这回事。你能帮我这个忙吗？这样他们才不会以为我也有份。”

坎迪说：“没问题，乔治。当然没问题。”

“好吧，等我几分钟，然后你就跑到外面去告诉他们，假装你是刚刚才发现她的。好了，我先走了。”说完他就转身快步走出马房。

坎迪看着他的背影渐渐远去，然后转头看着柯利的老婆，一脸无奈。满腔愤恨化为一句句的咒骂。“你这他妈的臭婊子。”他恶狠狠地说，“这下子你高兴了吧？你大概很得意。大家都知道你会搞得鸡犬不宁。你不是个好东西，臭婊子，死了还是臭婊子。”说到这里，他忽然抽抽噎噎起来，声音有点颤抖，“我本来可以到菜园去除草，帮他们洗洗盘子。”他停了一下，然后开始喃喃自语重复从前说过的那些话。“说不定哪天会有人到咱们镇上来办嘉年华，或是到咱们镇上来举行球赛……我们想去就去……只消说一声‘去他妈干什么活’，然后就可以走了，不用等老板批准。我们要养猪养鸡……到了冬天……我们有个胖胖的小火炉……下雨天……我们就这么舒舒服服地坐着。”他眨了眨眼，眼中泛出泪光，然后慢慢转身，有气无力地走出马房，边走边用手腕搓搓他硬邦邦的胡子。

接着，外头的嘈杂声忽然消失了。有人开始七嘴八舌问东问西，然后是一阵奔跑的脚步声，大伙儿冲进马房。史林姆、卡尔森，还有年轻的惠特和柯利。柯鲁克一个人走在后面，不想引起别人注意。坎迪跟在他们后面走进去，最后是乔治。乔治已经换上牛仔外套，扣上扣子，头上戴着那顶黑呢帽，前面帽檐压得低低的，几乎快把眼睛遮住了。大伙儿争先恐后跑向最后一座马槽旁边。马房里光线昏暗，但他们还是看到了柯利老婆的尸体。他们停下脚步，站在那边看着，一动也不动。

然后，史林姆悄悄走到她旁边，伸手摸摸她的手腕。他伸出一只纤细的手指摸摸她的脸，然后把手伸到她那已经有点扭曲的脖子底下，用手指测她的脉搏。马房里原本鸦雀无声，等到他一站起来，大伙儿立刻围过去，这才开始鼓噪起来。

这下子柯利立刻生龙活虎起来。“我知道是谁干的。”他大叫，“一定是那王八蛋大个子干的。我知道一定是他干的。哼——因为所有的人都在外面玩丢马蹄铁。”柯利越说越愤怒，“我一定要逮到那王八蛋。我去拿霰弹枪。我一定要亲手杀了那大王八蛋。我要打烂他的肚子。大伙儿走吧。”他气冲冲地冲出马房。卡尔森说：“我去拿手枪。”然后他也跑出去了。

史林姆悄悄转身看着乔治。“应该是伦尼干的没错。”他说，“她脖子断了。只有伦尼才有这种力气。”

乔治没有吭声，但他慢慢点点头。他额头的帽檐压得很低，几乎快把眼睛遮住了。

史林姆又继续说：“上次听你提到野草镇的事，大概就是这么回事了。”

乔治又点点头。

史林姆叹了口气：“嗯，恐怕我们还是得去把他找回来了。你觉得他可能会跑去哪里？”

乔治心里似乎挣扎了好一会儿才说出口。“他——应该会往南走。”他说，“我们是从北边来的，所以他会往南走。”

“我们恐怕得去抓他了。”史林姆又说了一次。

乔治忽然凑近他：“我们去把他带回来，然后把他关起来，有没有可能？史林姆，他是神经病，可是他从来不会恶意伤人。”

史林姆点点头。“也许可以。”他说，“要是别让柯利先找到他，说不定还有机会。可惜柯利想开枪打死他。为了他的手，柯利还怀恨在心。也许他们会只把他关起来，可是，乔治，全身五花大绑关进牢房里，他会好过吗？”

“我知道。”乔治说，“我知道。”

这时候，卡尔森忽然跑进来。“那王八蛋偷了我的手枪。”他大叫说，“我袋子里的枪不见了。”柯利跟在他后面跑进来，那只没受伤的手上抓着一把霰弹枪。

“喂，你们听着。”他说，“那黑鬼有一把霰弹枪。卡尔森，你去拿他的枪。待会儿要是看到他，马上一枪打死。打烂他的肚子，打到他直不起来。”

惠特兴冲冲地说：“可是我没枪。”

柯利说：“你去索莱达找警察找副警长艾尔·威尔茨。好了，我们走吧。”然后他转身盯着乔治，一脸狐疑，“小子，要一起来吗？”

“好。”乔治说，“我跟你们一起去。不过，柯利，你给我听着。那可怜虫是神经病。不要开枪打他。他根本搞不清楚自己干了什么。”

“不要开枪打他？”柯利大叫，“他拿了卡尔森的手枪，当然要开枪打他。”

乔治有气无力地说：“说不定枪是卡尔森自己弄丢的。”

“今天早上我还有看到。”卡尔森说，“不对，一定是被那王八蛋偷走的。”

这时候，史林姆站了起来，低头看着柯利的老婆，然后说：“柯利——我看你最好还是待在这里陪你太太。”

柯利涨红了脸。“我一定要去。”他说，“就算我只剩一只手，我也要亲手宰了那大王八蛋，打得他肚破肠流。我非杀了他不可。”

史林姆转身对坎迪说：“坎迪，你留在这里陪她。其他人就一起去吧。”

于是，一伙人走出去了。乔治站在坎迪旁边，低头看着那死去的年轻女孩。两人在那边站了好一会儿，然后听到柯利大喊：“喂，乔治！你跟我们一起来，以免我们误会这件事你也有份。”

乔治慢慢跟在他们后面走出去，脚步很沉重。

后来，等他们都走了，坎迪蹲到干草堆上，看着柯利老婆的脸。“你这个可怜虫。”他轻声说。

外头的人声渐渐远去，马房里越来越昏暗。马厩里的马儿动个不停，缰链叮当作响。坎迪躺在干草堆上，抬起胳膊遮住眼睛。

06

黄昏时刻，萨利纳斯河深深的潭水一片暗绿，纹风不动。阳光仿佛沿着绵延的山坡一路攀上加比兰山脉，在山巅映照出一片玫瑰般的淡淡红晕。而山谷里已经看不到阳光了。水潭边，斑驳的悬铃木树林笼罩在一片阴影中，令人心旷神怡。

一条水蛇轻盈地滑过水面，头露在水面上如潜望镜般左右摆动。它从水潭的一头游到另一头，游到一只苍鹭脚边。苍鹭站在浅水处纹风不动，接着，它忽然无声无息地猛一低头，长长的嘴咬住水蛇头。水蛇被苍鹭慢慢吞进嘴里的时候，露在外面的尾巴依然拼命扭动。

一阵风从远处飕飕吹来，拂过树梢。树梢如波浪般随风摇曳，悬铃木叶子随风翻转，露出银白的叶背面，地面上干枯发黄的落叶哗啦啦随风飘了几步。绿色的水面上随风泛起了阵阵涟漪。

那阵风来得快去得也快，刹那间就平息了。那片空地又陷入一片沉寂。苍鹭站在浅水处纹风不动，静静等待。接着，又一条水蛇缓缓滑过水面，头露在水面上如潜望镜般左右摆动。

伦尼忽然从矮树丛里冒出来。他动作无声无息，仿佛熊在地上爬。那只苍鹭猛拍了一下翅膀，离开水面腾空飞起，飞向河下游。那条小水蛇一溜烟钻进水潭边的芦苇丛里。

伦尼悄悄走到水潭边，跪下来开始喝水。不过，这次他只是用嘴唇轻轻碰触水面小口小口地喝。有只小鸟在他背后的枯叶上快步跳跃，他立刻抬起头，竖起耳朵，眼睛看向声音的方向。接着，他看到了那只鸟，放心了，于是又低头继续喝水。

后来他喝够了，往后坐到潭边，侧身朝向水面，这样他才看得到那条小径的动静。他双手环抱着膝盖，下巴支在膝盖上。

山谷里斜照的阳光渐渐往山上移动，沿着山坡一路攀爬，到了山巅一片灿烂火红。

伦尼轻声细语说："他妈的，就说我不会忘记。躲在矮树丛里等乔治。"他拉下帽檐遮住眼睛。"乔治一定会骂死我。"他说，"乔治一定会巴不得只有他自己一个人，没有人烦他。"他转头看着灿烂火红的山巅，"我可以去那里找个山洞。"接着，他的口气忽然变得很感伤："——而且永远吃不到番茄酱了——不过，没关系。要是乔治不要我了……我就走。我就走。"

接着，伦尼脑海中忽然浮现出一个矮矮胖胖的老妇人。她戴着厚厚的近视眼镜，身上围着一条很大的花布围裙，上面有口袋，整个人看起来干净清爽。她站在伦尼面前，两手叉腰，皱起眉头看着他，一脸不以为然。

然而，她开口讲话的时候，出现的却是伦尼的声音。"我告诉过你多少次了。"她说，"我叫你要'照顾'乔治，因为他人真的很好，而且对你很好。可是你从来没有好好照顾他。你老是干坏事。"

伦尼回答她说："克莱拉姑妈，我努力过了。我真的很努力，可是就是做不到。"

"你从来没有替乔治想过。"她又继续用伦尼的声音说，

“他一直这么照顾你。每次他有东西吃，一定会分一半给你，甚至比他自己那一半更多。有番茄酱，他都会全部给你。”

“我知道。”伦尼很痛苦地说，“我真的很努力，克莱拉姑妈，我真的很努力。”

她打断他的话：“要是没有你，他日子可以过得多舒服。领了工钱，他大可到妓院里快活一下，或是上台球室打台球。偏偏他还得照顾你。”

伦尼很悲伤地呻吟起来：“我知道，克莱拉姑妈。我马上到山里去找一个山洞。我会住在那里，再也不会给乔治惹麻烦了。”

“你光是嘴巴会说。”她口气很严厉，“你光是嘴巴讲，可是你自己心里明白，你根本不会去做。你就只会到处惹是非，老是害乔治替你收拾烂摊子。”

伦尼说：“我还是走好了。反正乔治一定不会让我养兔子了。”

克莱拉姑妈忽然消失了，接着，伦尼眼前出现一只巨大的兔子。它蹲在他面前，朝他摆摆耳朵，挤挤鼻子。接着，它开口说话了，一样是伦尼的声音。

“养兔子。”它口气很轻蔑，“你这个脑子有问题的王八蛋。你连舔兔子的脚都不配。你一定会忘记喂它们，害它们饿肚子。你就会干这种事。你认为乔治会怎么想呢？”

“我一定不会忘记。”伦尼大声说。

“不会才有鬼。”兔子说，“你这种人活在世上根本就是多余的。天晓得，为了替你收拾烂摊子，乔治花了多大的工夫。要是你以为乔治还会让你养兔子，那你真的是比疯子还疯。他不会让你养了。他会拿棍子痛扁你一顿，你等着瞧。”

伦尼很不高兴地反驳：“他才不会。乔治从来不会干那种事。我和乔治打从——我忘了什么时候——就认识了。他从来没有打过我半下。他对我很好。他才没那么坏。”

“哼，他早就受不了你了。”兔子说，“他会把你痛打一顿，然后自己一个人快活自在，再也不管你了。”

“他才不会。”伦尼气急败坏地大叫，“他才不会干那种事。我太了解乔治了。我们两个不管走到哪里都在一起。”

兔子的声音慢慢变小了。它一次又一次地重复说：“他一定会丢下你不管的，你这脑子有问题的王八蛋。他一定会丢下你不管的，你这脑子有问题的王八蛋。他一定会丢下你不管的，你这脑子有问题的王八蛋。”

伦尼伸手掩住耳朵。“他才不会，告诉你，他才不会。”接着他大喊，“哦，乔治——乔治——乔治！”

乔治悄悄从矮树丛里冒出来，伦尼脑海中那只兔子忽然消失了。

乔治轻声说：“你到底在嚷嚷什么？”

伦尼立刻跪起来，“乔治，你不会丢下我吧？我知道你一定不会。”

乔治一步朝他走过来，动作僵硬。他走到伦尼旁边坐下来：“不会。”

“我就知道。”伦尼大喊了一声，“你才不是那种人。”

乔治没吭声。

伦尼喊了他一声：“乔治。”

“什么事？”

“我又闯祸了。”

“那已经不重要了。”乔治应了一声，然后又不吭声了。

此刻，只剩最高的山脊还看得到阳光。整个山谷笼罩在一片轻柔的蓝色阴影中。远处传来隐隐约约的喊叫声，有几个人在互相喊叫对方。乔治转头听听那阵喊叫声。

伦尼叫了他一声："乔治。"

"什么事？"

"你是不是又要臭骂我一顿了？"

"臭骂你？"

"对呀，以前你都是那样。比如说：'要不是因为你，我就可以拿着我的五十块——'"

"老天，伦尼！什么事你都记不住，偏偏我讲的话你竟然记得一字不漏。"

"嗯，你再说一次好不好？"

乔治打起精神开始说，但口气却僵硬木然。"要是只有我一个人，日子可以过得多逍遥。"他的声音平平板板，毫无抑扬顿挫。"我随便就可以找到工作，一点都不难，而且不会惹上一堆麻烦。"说到这里他就停住了。

"再说嘛。"伦尼说，"每个月月底，我可以拿着我赚到的五十块到——"

"每个月月底，我可以拿着我赚到的五十块到镇上……找一家妓院……"说到这里他又停住了。

伦尼满脸殷切地望着他："再说嘛，乔治，再说嘛。你怎么不臭骂我一顿呢？"

"我不骂了。"乔治说。

"呃，我可以走。"伦尼说，"如果你要我走的话，我可以到山里去找个山洞。"

乔治又打起精神。"不，我不要你走。"他说，"我要你留下来陪我。"

伦尼忽然露出狡黠的表情说："你从前讲过的话再说一次好不好？"

"什么话？"

"我们和别人有什么不一样。"

乔治说："有很多像我们一样的人。他们一挣到点钱就马上挥霍光，他们没有家人，也没有人在乎他们——"

"但我们就不是这样。"伦尼兴奋得大叫起来，"赶快说，我们怎么样。"

乔治沉默了好一会儿。"但我们就不是这样。"他说。

"因为——"

"因为我有你，而你——"

"而我有你。我们互相照顾。这就是为什么。只要我们在一起，天不怕地不怕，什么都不怕。"伦尼得意地大叫起来。

这时候，一阵晚风轻拂过空地，枝叶窸窣作响，碧绿的水面起了阵阵涟漪。远处又传来阵阵喊叫声，感觉比上次更靠近了。

乔治摘下帽子，颤抖着声音说："伦尼，帽子拿下来吧，这里空气很新鲜。"

伦尼乖乖摘下帽子，放到前面的地上。山谷里蓝蓝的阴影越来越深暗。天黑得很快。有人在矮树丛里穿梭，那种窸窸窣窣的声音随风传来。

伦尼说："赶快说，我们以后可以怎么样。"

乔治一直在留意远处的声音。接着，他脸色忽然凝重起来，"伦尼，你眼睛看河对岸那边，这样我告诉你的时候，你就可以想象那种画面。"

伦尼转头看着水潭对岸，看着加比兰山脉幽暗的山坡。"我们要买一小块地。"乔治开始说，然后他手伸进口袋里，掏出卡尔森的手枪，扳开保险，然后手摆到伦尼背后的地上，枪拿在手上。他看看伦尼的后脑勺，看着脊椎和头骨衔接的地方。

河上游那边有人喊了一声，然后另一个人应了一声。

“继续说嘛。”伦尼说。

乔治举起枪，但他的手颤抖得太厉害，于是他又把枪放下去。

“继续说嘛。”伦尼说，“我们未来可以怎么样？我们要买一小块地。”

“我们要养一头母牛。”乔治说，“说不定我们还可以养猪养鸡……我们还可以在空地另一头……种苜蓿——”

“用来养兔子。”伦尼大叫起来。

“用来养兔子。”乔治跟着又说了一次。

“我负责养兔子。”

“你负责养兔子。”

伦尼咯咯笑得很开心：“然后我们就可以种田过日子了。”

“没错。”

这时候，伦尼忽然转头。

“不行，伦尼，你要看着河对岸，这样你才有办法想象那种画面。”

于是伦尼乖乖把头转回去。乔治低头看着那把枪。

脚步声已经来到矮树丛了。乔治转头看看那边。

“再说嘛，乔治。我们什么时候要干？”

“快了。”

“你和我，我们两个。”

“你……和我。大家都会对你很好。再也不会有麻烦。再也没有人会伤害别人，偷别人的东西。”

伦尼说：“乔治，我还以为你在生我的气。”

“没有。”乔治说，“伦尼，我没有生你的气。我从来没有生过你的气，现在也没有。这个你一定要记得，伦尼，一定要记得，一定要记得。我没有生你的气。”

喊叫声越来越近了。乔治举起枪，耳朵听着那些喊叫声。

伦尼拜托他说：“我们现在就干好不好？我们现在就去买那块地。”

“好啊，我们马上去买。我不得不干。我们别无选择。”

接着，乔治又举起枪，稳稳抓住，然后枪口凑近伦尼后脑勺。他的手抖得很厉害，但他的表情很坚决。渐渐地，他的手终于不抖了。那一刹那，他扣下扳机，山间立刻回荡起一阵枪声。伦尼浑身震了一下，然后慢慢往前倒，倒在沙地上。他完全没有颤抖。

乔治浑身发抖，低头看看枪，然后把枪远远丢开，掉在河边那堆灰烬旁边。

矮树丛那边好像有很多人大叫起来，还有奔跑的脚步声。有人大喊："乔治，你在哪里？乔治。"那是史林姆的声音。

乔治呆若木鸡地坐在水潭边，愣愣地看着自己的右手。那只手刚刚丢掉了一把枪。接着，一伙人冲到那片空地上。带头的是柯利。他看到伦尼躺在地上。"好啊，干掉他了。"他跑到伦尼旁边低头看了一眼，然后回头看看乔治。"正中后脑勺。"他小声说了一句。

史林姆直接走到乔治面前，坐到他旁边，靠得很近。"你是不得已的。"史林姆说，"人生有时候别无选择。"

这时候，卡尔森走到乔治面前。"你是怎么杀了他的？"他问。

"就这样。"乔治有气无力地说。

"我的枪是他偷的吗？"

"嗯。他拿走的。"

“所以是你抢了他的枪，然后杀了他？”

“嗯。就这样。”乔治的声音已经小到快听不见了。他一直盯着右手。拿枪的右手。

史林姆扯了一下乔治的手肘：“走吧，乔治。我们去喝一杯。”

乔治乖乖让史林姆拉他站起来：“也好，喝一杯。”

史林姆说：“乔治，你是不得已的。你一定要明白你是不得已的。走吧，我们走吧。”他拉着乔治走上那条小径，走向那条公路。

柯利和卡尔森看着他们越走越远。然后卡尔森问：“那两个家伙神秘兮兮的是怎么回事？”

（全文完）

三
个
圈

经典就读三个圈　导读解读样样全

《人鼠之间》
独家文学手册

“国民小说家”斯坦贝克

斯坦贝克是地位崇高的文学大师，也是深受美国民众爱戴的国民小说家。1979年2月27日（作家诞辰77周年），美国邮政局发行了一套以斯坦贝克为主题的邮票。1968年斯坦贝克过世之后，他的作品每年仍持续卖出两百万册，迄今累计已将近一亿册，其中超过半数是《人鼠之间》《愤怒的葡萄》这两部代表作。

斯坦贝克获奖记录：

年　份	荣　誉	获奖作品
1934	欧·亨利奖	《谋害》
1938	纽约剧本评论员奖	《人鼠之间》
1936	加利福尼亚州1936年最佳小说奖	《胜负未决》
1940	普利策文学奖	《愤怒的葡萄》
1940	美国畅销书协会奖	《愤怒的葡萄》
1940	今日社会服务工作奖	《愤怒的葡萄》
1946	自由十字勋章	《月亮下去了》
1962	诺贝尔文学奖	《人鼠之间》
1963	国会图书馆美国文学部荣誉顾问	
1964	美国自由勋章	

1962年诺贝尔文学奖颁奖词

王林园 译

约翰·斯坦贝克，今年的诺贝尔文学奖获得者，出生在加利福尼亚萨利纳斯小镇。那里靠近富饶的萨利纳斯山谷，离太平洋海岸仅隔数英里；他所描述的普通人的日常生活，很多都以此为背景。这里环境颇为多元，他虽然生在中等家庭[1]，但和工人家庭是平等的。在斯坦福大学念书时，为了维持生活，他常常要去农场干活。他没有取得学位，并于1925年前往纽约，当上了自由作家。他一直籍籍无名，经过几年的苦苦挣扎，他返回了加利福尼亚，在海边一间孤零零的屋子安顿下来，并继续写作。

他陆续创作了几部作品，但直到1935年才凭借《煎饼坪》大获成功。小说讲述了几个游手好闲的哥们儿，故事辛辣滑稽，他们狂欢豪饮，仿佛亚瑟王的圆桌骑士。当时正值美国经济萧条时期，本书被誉为这种阴郁气氛中的一剂解药。斯坦贝克终于可以开怀大笑了。

尽管如此，他绝不想扮演一团和气、插科打诨的角色。

---

1 斯坦贝克的父亲是蒙特雷县政府的财务，母亲曾是教师。

他选择的主题是严肃、批判性的，例如在小说《胜负未决的战斗》（1936）中，他描述了加利福尼亚果树和棉花种植园中艰苦的罢工。这一时期，他的文学风格日臻成熟。《人鼠之间》（1937）这一短小精悍的杰作讲述了伦尼的故事。这个头脑简单的大块头心地善良，却扼死了手里的每一条生命。随后，他又创作了《长谷》（1938）中那些无与伦比的短篇小说。这些为他创作接下来的伟大作品打牢了基础，这就是斯坦贝克最广为人知的史诗巨著《愤怒的葡萄》（1939）。故事中，一群人迫于生计和不公，不得不背井离乡，从俄克拉何马迁往加利福尼亚。美国社会史上的这出悲剧激发了斯坦贝克的灵感，他生动地描述了一个农民带着一家人历经坎坷、寻找新家的种种遭遇。

篇幅所限，我无法详述斯坦贝克之后的每部作品。有评论家认为他似乎江郎才尽，一成不变的故事可能表明文思枯竭，但去年出版的《烦恼的冬天》（1961）足以打消这些疑虑。这部作品可以媲美《愤怒的葡萄》。他继续以不偏不倚的态度揭露真相，凭着准确的直觉书写真实的美国，既有善也有恶。

这本小说的主人公是一位落魄的一家之主，他从战场归来后处处碰壁，最后总算在祖辈居住的新英格兰地区找了份工作，在镇里的杂货铺当伙计。他为人诚实，从不怨天尤人；他目睹了换取物质成功的手段，时常受到诱惑。但是，他无法昧着良心，变得步步为营、铁石心肠。他敏感的良知如同一枚三棱镜，折射出美国的种种社会问题。书中没有大谈道理，只讲述了一桩桩日常问题，甚至是无聊琐事，但得益于斯坦贝克现实有力的笔触，因而让人信服。他坚持着眼于事实，但也会做做白日梦，一知半解地琢磨生死这个永恒的话题。

斯坦贝克的最新著作记述了他历时三个月游历美国四十个州的见闻，《横越美国》（1962）。他开着一辆小卡车，车上有供他休息和储存物品的区域。他用了化名，一路只有一条黑毛狮子狗做伴。这本游记展示出他是一位经验老到的观察者、评论员。他以令人钦佩的精神一次次探索当地的风采，由此重新认识了他的祖国和同胞。本书也从侧面对社会进行了有力批判。他给卡车取名为“驽骍难得”[1]，车上的旅者略有些厚古薄

---

1 Rosinante，堂吉诃德的坐骑。

今，不过他对这种苗头显然也有所警惕。他目睹几辆推土机铲平了西雅图苍翠的森林，好为疯狂扩张的住宅区和摩天大楼腾出空间，写道："我不禁纳闷，为什么进步常常看似破坏。"无论如何，他这番观察正契合当代，在美国以外同样恰当。

从辛克莱·刘易斯到欧内斯特·海明威[1]，相比获得本奖的美国现代文学大家，斯坦贝克无论地位成就都独一无二。他的作品透露出一丝冷峻的幽默，在一定程度上缓和了他残酷粗犷的主题。他同情的对象永远是遭受压迫、格格不入、痛苦不幸的人，他偏爱用平凡快乐的生活反衬残酷自私的金钱欲。此外，斯坦贝克身上也体现出美国人的另一种品质：他挚爱自然、土地、荒野、山岳、海岸，人世间以及超越人世的这一切都是他取之不尽的灵感源泉。

瑞典学院将文学奖授予约翰·斯坦贝克，以表彰他"既充满想象力又切中现实的作品，表现出悲天悯人的幽默和敏锐的社会洞察力"。

---

1 获得诺贝尔文学奖的美国作家依次为刘易斯（1930）、尤金·奥尼尔（1936）、赛珍珠（1938）、威廉·福克纳（1949）、海明威（1954）。

亲爱的斯坦贝克先生：瑞典公众对你并不陌生，就像你的祖国同胞乃至全世界的人都对你不陌生。你以优秀的作品化身为传播善良仁慈的良师，人类价值的卫士，这些也恰恰契合诺贝尔奖的理念。我代表瑞典学院向你表示感谢，现在请你从国王陛下手中接受今年的诺贝尔文学奖。

安德斯·厄斯特林格，瑞典学院常务秘书，1962

1962年诺贝尔文学奖斯坦贝克受奖词

王林园　译

国王和王后陛下、各位殿下、我美丽的妻子[1]、女士们、先生们。

感谢瑞典学院肯定我的作品，授予我这项至高的荣誉。

我心里也许疑惑，那些我所尊重敬仰的作者可能更有资格获得诺贝尔奖，不过能够得奖，我无疑为之喜悦、为之骄傲。

按惯例，得奖者要对文学的本质和方向发表个人感想或是学术评论。但是，在这个特殊时期，我想不如思考一番文学创造者的崇高义务和责任。

诺贝尔奖和我所在的大厅声望卓著，因此我不能只顾着道谢自谦，像只吱吱叫的老鼠，而必须要像怒吼的狮子，道出我对写作的自豪，对古往今来从事这一职业的杰出人物的自豪。

文学不是靠一班苍白柔弱的教士在空荡荡的教堂里颂唱祷告来传播，文学也不是消遣，供那些不问世事的上帝选民、自命不凡的托钵僧无病呻吟。

有语言以来就有文学。人需要文学，因而才产生了文学；

---

1 该句为瑞典语。

如果说至今有什么变化，那就是人类愈加需要文学。

吟游诗人和作家并不彼此隔绝排斥。从一开始，我们人类就规定了他们的职责、义务、责任。

人类经历了一段灰暗凄苦的彷徨期。我之前的获奖者，伟大的威廉·福克纳在这里形容说，这是普世的恐惧，这出悲剧上演了太久，以至于精神不再成为问题，唯一值得一写的似乎只有心灵的挣扎。

福克纳比大多数人都清楚人性的弱点，也更清楚人性的坚强。他深知，作家存在的一个重要意义就是理解并克服恐惧。

这并不是什么新观点。作家的使命从古至今仍没有改变。作家所肩负的责任是挖掘我们的诸多严重错误和失败，将我们黑暗危险的梦曝露在光明下，以期有所改善。

不仅如此，作家还有责任表明并颂扬人类心灵和精神的伟力——百折不挠的精神、勇气、同情和爱。

在对抗软弱和绝望这场无休无止的斗争中，这些正是给人希望、供人效仿的鲜艳旗帜。

我坚信，如果一个作家对人可臻完美的观点没有强烈的信仰，那么他就不具有献身文学的执着和资格。

引发当今这种普世恐惧的，是我们突飞猛进地认识并操控了物理世界中的一些危险因素。

诚然，跨出这一大步之后，认识的其他层面没有齐头并进。但是，我们不该凭空认为不可以或是不可能赶上。促进认识也正是作家的一部分责任。

人类漫长而光辉的历史中，我们面对自然之敌一向不屈不挠，即使有时几乎注定要失败、要灭亡。如今，我们即将取得最伟大的胜利，此时撤退是懦弱愚蠢的行为。

不难理解，我最近在阅读阿尔弗雷德·诺贝尔的生平。书上说，他惯于独处，喜欢思考。他释放了爆炸的能量，可以创造性地造福，也可以破坏性地作恶，但不受良知或是理性的支配，无法选择。

诺贝尔的发明遭到了残忍血腥的滥用，对此他有所了解。也许他当初就预见了探索的最终结果：达到暴力的极致，最终导致毁灭。有人说他变得愤世嫉俗，我却不敢苟同。我认为，他努力想发明一个开关，一种安全阀。我认为，他最终找到了唯一的答案，那就是人的思想和灵魂。在我看来，他的这种想法清楚地表现在诺贝尔所设的各个奖项中。

这些奖项所表彰的，是对人类及其世界相关认识的增加和延续，是理解和沟通，这正是文学的职责。奖项所表彰的，是促成和平的能力——这是一切的最高目的。

诺贝尔去世不到五十年，自然之门打开了，我们面临着可怕的负担：选择何去何从。

许多一度被归为上帝的权力已经被我们篡夺了。

我们胆战心惊、毫无把握，就要掌控世间的生死——关乎所有的生灵。

危险、荣光、选择，最终都取决于人类。人类是否可臻完美，考验就在眼前。

我们既然掌握了上帝般的权力，就要在自身寻找从前向神明所祈祷的责任和智慧。

人既成了我们最大的威胁，也成了我们唯一的希望。

如今，使徒圣约翰的那句话也许可以改写：

终极有道，道与人同在——道就是人[1]。

斯坦贝克发表获奖感言前，瑞典皇家科学院院士R.桑德勒评价称：“约翰·斯坦贝克先生——你的著作在许多国家深受欢迎，你大胆地观察人类在悲欢中的表现，并用你的有力风格和写实手法奉献给全世界的读者。你的《横越美国》不仅在寻找美国，也在揭示美国。正像你所说的：‘这片怪物般的土地，这个最伟大的国度，这个未来之子，最终就是小我之宇宙。’你直觉地知道什么是真实的美国，因此出类拔萃，是美国生活真正的代表。”

1 太初有道，道与神同在，道就是神。（《约翰福音》1：1）

《人鼠之间》背后的故事

一、书名来历

斯坦贝克最初将本书命名为“发生了的事情”（something that happened），因为没有人真的由于故事中发生的悲剧而受到指责。但阅读彭斯的诗歌《致小鼠》后，他改变了标题。书名灵感来自《致小鼠》中的一段：

> 无论人鼠，再精心的安排
> 都常常要出意外，
> 除了伤心痛苦一无所有，
> 盼望的快乐不再！

《人鼠之间》最终被斯坦贝克定为小说标题，其中蕴含着深刻的隐喻意义。首先它喻指人与鼠有着相同的命运，人类在命运面前无能为力。其次它喻指人与鼠的关系犹如人与人的关系，孤独是人类永恒而无奈的选择。人与人之间的隔膜犹如人与鼠之间不可避免的隔离，心灵的交融是一种可望而不可即的奢侈。

二、作者写作初衷

在世界上每一个诚实的写作中都有一个基本主题：试着了解人，如果你们彼此了解，就会彼此友善。了解一个人永远不会导致仇恨，而是产生爱。这些作品中许多有更简明的含义，比如促进社会变革，比如惩罚不公，比如颂扬英雄主义，但试着互相理解始终是基础主题。

（摘自斯坦贝克1938年的日记）

三、戏剧中篇小说形式

这是斯坦贝克第一次以小说戏剧的形式写作，他想要写一部可以根据作品线索进行改编的小说，或者是可以像小说一样阅读的剧本。一位评论家称《人鼠之间》为“戏剧中篇小说”。故事篇幅不长，结构共分为三章，每章两节，这样的安排使它既可以是中篇小说，也可以是戏剧剧本。

四、曾是“禁书”

《人鼠之间》曾遭到美国多所公立学校图书馆以及课程委员会禁止，被禁止的原因是“宣扬安乐死，反商业，语言粗鲁”等，如今，关于这本书的禁令和限制已经撤除，它成为美国、爱尔兰、英国、新西兰和加拿大许多高中的必读书。在英国，《人鼠之间》在BBC的调查项目“国民最爱的小说”中位列第52名。也由于这本书此前经常是审查者的目标，美国图书馆协会将其列入“21世纪最具挑战之书”第4名。

尽管这本书极其畅销，但关于其内容有很多争论，所以全美很多学校使用的《人鼠之间》均是删减过的版本。《人鼠之间》自出版后共被删减过54次。但众多学者以保护完整的文学价值为理由，反对删改该书。学者托马斯称：“在真正杰出的文学作品中，生活的痛苦已经变形为艺术的美。”在不断的争论中，越来越多的读者开始欣赏这部作品。

致敬《人鼠之间》

文学致敬

美国作家科林·贝特曼的一部小说题为《可爱的老鼠和人》（*Of Wee Sweetie Mice and Men*，1996）。

创作出“007”系列作品的英国作家伊恩·弗莱明，其第一部詹姆斯·邦德小说《皇家赌场》中，大反派Le Chiffre的两名警卫之一被描述为“非常喜欢来自《人鼠之间》的伦尼”。

在美国畅销小说作家，“现代惊悚小说大师”斯蒂芬·金的小说《11/22/63》中，男主角作为一名英语代课教师，将《人鼠之间》戏剧介绍到学校。

斯蒂芬·金的小说《布莱泽》中，故事主角布莱泽与伦尼颇有相似之处。比如同是孤儿，同是反应迟钝的巨人，同样单纯善良，甚至最后的悲剧结局也是因为布莱泽一拳误伤了人。而他已故的最好的搭档，也叫乔治，也是一个瘦小而机智的人。《出版人周刊》评论道："这部充满悲悯情怀的犯罪小说是在向约翰·斯坦贝克的《人鼠之间》致敬。"

斯蒂芬·金的小说《末日逼近》中，弱智的Tom Cullen与聪明的聋哑人Nick Andros结为朋友，后者是他的保护者。这样的人物关系很难不让人联想到伦尼和乔治。

斯蒂芬·金的小说《黑暗之塔V：卡拉之狼》中，卡拉神父将希特勒兄弟称为乔治和伦尼，尽管大个的是他们当中更聪明的那个。

斯蒂芬·金的小说《绿色英里》中，约翰·科菲与伦尼相似，智力低下，内心单纯。

斯蒂芬·金的小说《亚特兰蒂斯之心》中，鲍比·加菲尔德将"有兔子的农场"作为幸福生活的象征。

来自EC杂志《震惊画报》的故事《我的兄弟守护者》中，有一个名叫拉里的高大而机智的角色，因为担心拉里被体制化，他的兄弟亲手杀死了他。

影视致敬

一、戏剧

1937年11月23日，《人鼠之间》歌剧在百老汇音乐盒剧院首次开幕，该剧剧本第一阶段的制作是由斯坦贝克亲自编写的，它于1938年被纽约戏剧评论家评选为最佳剧本。

1958年，由艾拉·J. 比洛维特改编的《人鼠之间》音乐剧在纽约市百老汇演出。演员阵容包括了几位当时最受欢迎的表演者。

2014年，由詹姆斯·弗兰科主演，英国国家剧院现场策划拍摄的百老汇舞台剧《人鼠之间》上映。Lady Gaga看完后评价道：今晚很享受观看《人鼠之间》。

二、电影

电影*Fanboys*（2009）中，当试图让Linus告诉他们去天行者牧场的故事时，Hutch说：“告诉我关于兔子的事情，乔治。”

电影*Hotel for Dogs*（2009）里有两只狗，一只名叫Georgia的小狗和一只名叫Lenny的大狗。

电影*Marley & Me*（2008）中，当带Marley去绝育并讨论狗不知道将要发生什么这一事实时，John对自己说：“这就像是老鼠和人。”

《业余小偷》（*Small Time Crooks*，2000）中，法国人特蕾西·乌尔曼谈到她丈夫的一个狡猾的朋友时说：“这个家伙所缺少的只是一片天鹅绒和一只宠物老鼠。”

《小精灵2》（*Gremlins 2：The New Batch*，1990）中的两个小鬼被命名为Lenny和George。

《唐人街》（*Chinatown*，1974）里有两个小角色被命名为Curly和Curly's Wife。

三、电视剧

《一起酷案》（*Cold Case*，2003—2010）中，一名19岁的男子出于同情杀害了一名17岁的智障男孩，原因是当时的环境使他无法保护这名男孩免受残酷现实的伤害。

《犯罪现场调查：纽约》（*CSI：NY*，2004—2013）的一集中，主要嫌疑人Tim Guinee正在为《人鼠之间》的舞台剧中乔治这一角色试镜。

在*Emergency!*的一集中，Joe Early博士对Kelly Brackett博士说："告诉我关于兔子的事，乔治！"

*Grimm*剧集中标题为"人鼠之间"的一集开场引言是："我被迫，不像受惊的老鼠一样吱吱作响，而是要咆哮……"

在*My name is Earl*（2005）中，Jason Lee和Ethan Suplee是对明星兄弟：Suplee是一个愚蠢而温柔的巨人，而一直照顾他的Lee是一个愤世嫉俗的聪明人。

在《神秘科学剧院3000》（*Mystery Science Theater 3000*）的一集中，Observer被Pearl和Bobo教授困在古罗马的一个地牢。为了拖延时间逃跑，Observer说："告诉我关于兔子的事，Pearl！"

在《字母L》（*The L Word*）第二季第13集中，爱丽丝告诉达娜，她不想"像老鼠一样"。达娜回答："所以，不要像伦尼一样"。

四、动画

对《人鼠之间》里乔治和伦尼这两个人物形象的致敬在美国动画中十分受欢迎。《纽约时报》这样评论1939年改编自《人鼠之间》的电影："尽管已经在华纳兄弟电影和米高梅漫画中被模仿了无数次，《人鼠之间》依旧保持着原始的戏剧力量。"

致敬通常是以一个角色问另一个角色的形式出现。如"他走哪条路，乔治，他走哪条路？"另一个常见的模仿是伦尼对柔软而毛茸茸的动物的热爱，以及对自己力量的低估。在*The Abominable Snow Rabbit*（1961）中，可恶的雪人抓住Bugs Bunny后对Daffy Duck说："我会把他命名为乔治，拥抱他，爱护他，然后压扁他。"在更多严肃的动画片里，乔治和伦尼的人物形象通常是作为调节紧张气氛的角色。

音乐致敬

地下说唱乐队Army of the Pharaohs的歌曲*Suplex*第四节中，歌手Vinnie Paz将他的敌人的智力与伦尼相比较：“老鼠和人，浑蛋，你想要兔子还是自杀。”

爱尔兰乐队Bell X1的单曲*The Great Defector*中唱道：“你会告诉我们那些兔子的事吗，乔治？”

美国艺人John Leguizamo在他的歌曲*Voodoo Mambo*中唱道：“他走哪条路，乔治，他走哪条路？”说唱歌手Tupac Shakur的*Can not C Me*中也是如此。

美国重金属乐队Megadeth在专辑*The System Has Failed*中有一首名为*Of Mice And Men*的歌曲。

美国金属乐队Of Mice & Men的名字来源于《人鼠之间》的标题。

欢迎您从《人鼠之间》走进
读客三个圈经典文库

亲爱的读者，感谢您选择读客三个圈经典文库。

我们的封面统一使用“三个圈”的设计，读者可以凭借封面上形式各异的“三个圈”找到我们，走进经典的世界。

你想成为什么样的人？

对你来说什么是重要的？

这个世界应该是什么样子？

我们在生命中遇到的这些问题，或许可以在浩如烟海的文学经典中找到答案。

跟随读客三个圈经典文库，认识世界、塑造自我，成为更好的人！

《漫长的告别》

《西西弗神话》

《人间失格》

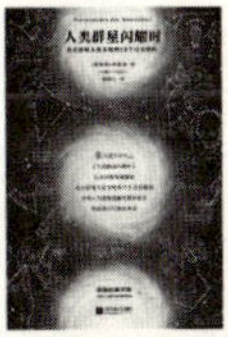

《人类群星闪耀时》

《鼠疫》

《小王子三部曲》

《局外人》

《月亮与六便士》

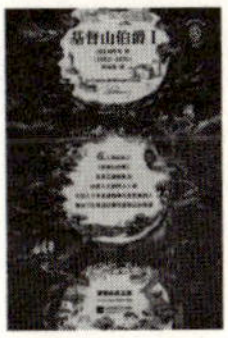

《基督山伯爵》

《罗生门》

读客三个圈经典文库

精神成长树

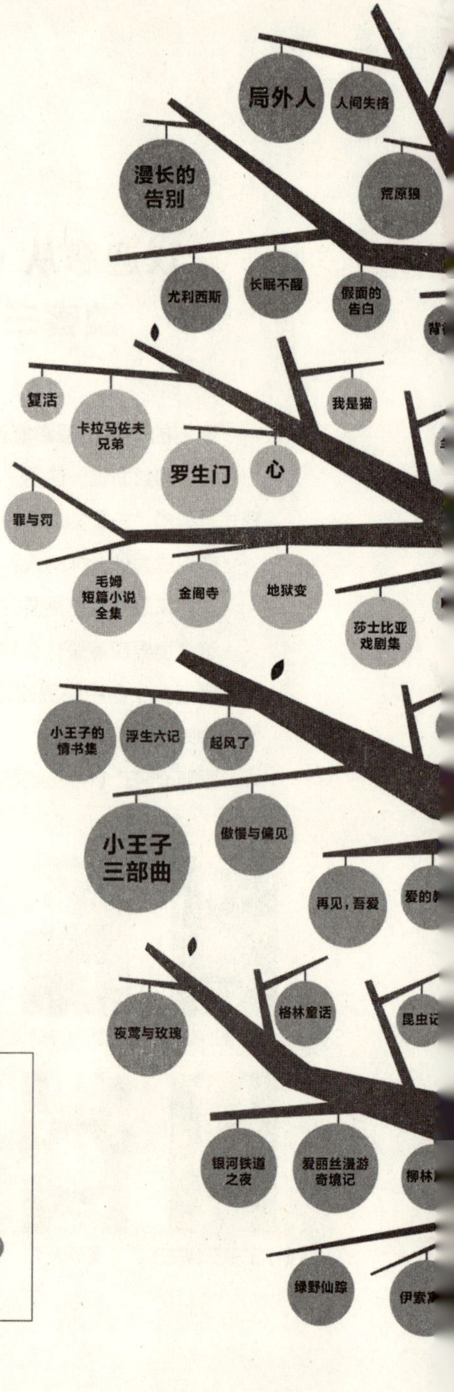

你想成为什么样的人？
对你来说什么是重要的？
这个世界应该是什么样子？

我们在生命中遇到的问题，每个时空的人都经历过，一些伟大的人留下一些伟大作品，流传下来，就成了经典。正是这些经典，共同塑造并丰富着人类的精神世界。

我们重新梳理了浩若烟海的文学经典，为您制作了精神成长树。跟随读客三个圈经典文库，汲取大师与巨匠淬炼的精神力量，完成你自己的精神成长！

树干：

不同的精神成长主题，您可以挑选任意感兴趣的主题进行深入阅读

例如：
寻找人生意义
探索自己的内心
拥有强大意志力
理解复杂的人性
…………

枝丫上的果实：

我们为您精选的经典文学作品

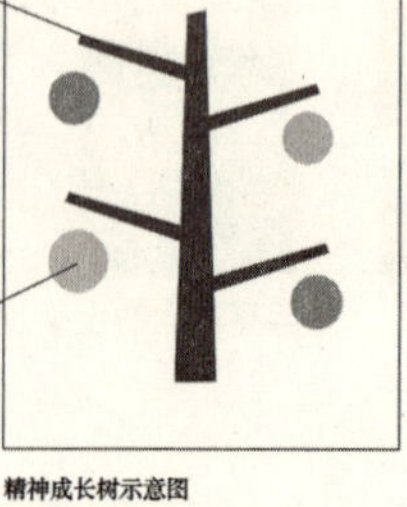

精神成长树示意图

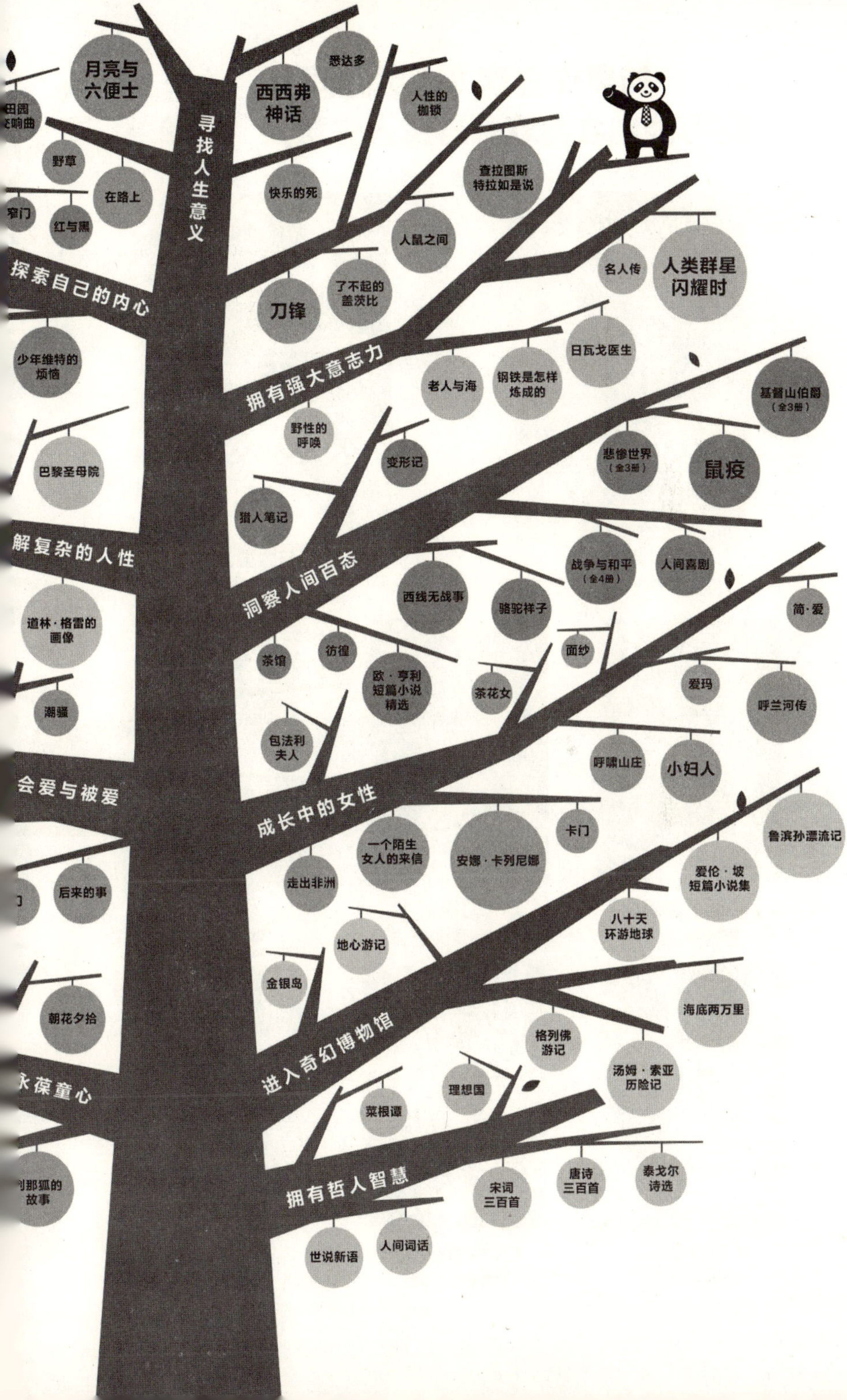

寻找人生意义
月亮与六便士
西西弗神话
悉达多
人性的枷锁
田园
响曲
野草
在路上
窄门
红与黑
快乐的死
查拉图斯特拉如是说
人鼠之间
名人传
人类群星闪耀时
探索自己的内心
刀锋
了不起的盖茨比
少年维特的烦恼
拥有强大意志力
老人与海
钢铁是怎样炼成的
日瓦戈医生
基督山伯爵（全3册）
野性的呼唤
变形记
悲惨世界（全3册）
鼠疫
巴黎圣母院
猎人笔记
解复杂的人性
洞察人间百态
战争与和平（全4册）
人间喜剧
西线无战事
骆驼祥子
简·爱
道林·格雷的画像
茶馆
彷徨
欧·亨利短篇小说精选
面纱
茶花女
爱玛
呼兰河传
潮骚
包法利夫人
呼啸山庄
小妇人
会爱与被爱
成长中的女性
卡门
一个陌生女人的来信
安娜·卡列尼娜
鲁滨孙漂流记
走出非洲
爱伦·坡短篇小说集
门
后来的事
八十天环游地球
地心游记
金银岛
海底两万里
朝花夕拾
格列佛游记
进入奇幻博物馆
汤姆·索亚历险记
理想国
永葆童心
菜根谭
拥有哲人智慧
宋词三百首
唐诗三百首
泰戈尔诗选
列那狐的故事
世说新语
人间词话

如果你喜欢《人鼠之间》
你可能也会喜欢“寻找人生意义”书单

《西西弗神话》
文库编号：160

《月亮与六便士》
文库编号：065

《了不起的盖茨比》
文库编号：007

《刀锋》
文库编号：049

《在路上》
文库编号：110

《悉达多》
文库编号：038

《人性的枷锁》
文库编号：043

《人鼠之间》
文库编号：094

读客

激发个人成长

多年以来，千千万万有经验的读者，都会定期查看熊猫君家的最新书目，挑选满足自己成长需求的新书。

读客图书以“激发个人成长”为使命，在以下三个方面为您精选优质图书：

1. 精神成长

熊猫君家精彩绝伦的小说文库和人文类图书，帮助你成为永远充满梦想、勇气和爱的人！

2. 知识结构成长

熊猫君家的历史类、社科类图书，帮助你了解从宇宙诞生、文明演变直至今日世界之形成的方方面面。

3. 工作技能成长

熊猫君家的经管类、家教类图书，指引你更好地工作、更有效率地生活，减少人生中的烦恼。

每一本读客图书都轻松好读，精彩绝伦，充满无穷阅读乐趣！

认准读客熊猫

读客所有图书，在书脊、腰封、封底和前后勒口
都有“读客熊猫”标志。

两步帮你快速找到读客图书

1. 找读客熊猫

2. 找黑白格子